F

Thierry Bourcy

Les traîtres

Une enquête de Célestin Louise,
flic et soldat dans la guerre de 14-18

Gallimard

© *Nouveau Monde éditions, 2008.*

Thierry Bourcy est scénariste pour la télévision et le cinéma. Il est également le créateur du flic et soldat Célestin Louise, qu'il lance, lors de la guerre de 14-18, dans des aventures et des enquêtes permettant de faire revivre avec force et émotion cette période incroyable et tragique de l'histoire du XXe siècle. *Les traîtres* est le quatrième volet de cette série, publiée par Nouveau Monde éditions.

À mes cousins Annick et Jacques.
À Jérôme et Julien.

Prologue

Il avait encore un peu neigé sur la fin de la nuit, des flocons légers que les rafales tourbillonnantes du vent d'est soulevaient en nuages blancs et qui venaient mourir au pied des arbres. À l'aube, ils s'étaient cristallisés et craquaient sous les pas. Un soleil jaune pâle, rasant, illuminait tout un côté des arbres comme une immense lampe artificielle. Gabriel Fontaine soupira et remit en place son cache-nez mangé aux mites. Il préférait les ciels de nuages qui laissaient l'air plus doux, ou les matins de brume, quand l'eau du lac se devinait à peine, juste un peu plus dense et grise que le voile de brouillard. C'était ces jours-là qu'il faisait ses meilleures pêches. Trop de soleil ne valait rien. Sans compter que, si on choisissait mal son coin, on pouvait se faire aligner par un tireur d'élite d'en face. Pourtant, depuis que les deux armées avaient creusé leurs tranchées de chaque côté du lac et qu'on n'avait plus le droit, officiellement, d'y venir, le poisson s'était multiplié. Certaines fois, on eût dit que les tanches et les goujons se bousculaient pour engloutir l'hameçon. Le poisson frétillant à peine décroché et jeté dans le trou d'eau qui lui servait de seau, le poilu avait tout juste le temps de changer l'appât et de lancer sa ligne que, déjà, une autre prise faisait disparaître le petit flotteur. Fontaine faisait bien attention à remballer son attirail avant la fin de la matinée, il y avait souvent des patrouilles sur le coup de midi, et il ne tenait pas à les rencontrer. Il s'était fait prendre, une fois, il s'en était tiré en offrant sa pêche aux gars. Fontaine savait bien que c'était à tout coup prendre des risques : il ne se passait pas une semaine sans qu'un obus mal ajusté ne tombât dans le lac, ou n'explosât sur une de ses rives. Ce sacrifice obligé des poissons aux dieux de la guerre n'avait pas d'incidence réelle sur les pêches du soldat qui pestait quand même à chaque fois qu'il découvrait un nouveau cratère sur ce qu'il considérait désormais comme son domaine. Son lieutenant, le jeune Doussac, fermait les yeux et la section se régalait.

Ce matin-là, ce ne fut pas une nouvelle trace d'explosion qui arracha un juron au poilu. Un corps inanimé était étendu sur la berge, le visage plongé dans l'eau, les pieds pris dans les joncs. Fontaine, malgré lui, s'approcha. Le type était mort. C'était un jeune poilu dont le visage, bien que gonflé et bleui, lui était vaguement familier. Il le dégagea des hautes herbes et l'allongea sur la rive. Fontaine, qui en avait tant vu, de ces jeunes morts, repéra immédiatement sur la poitrine une tache plus sombre. Il ouvrit la veste de drap épais, releva les deux gilets de laine passés l'un par-dessus l'autre, puis la chemise et le tricot de corps. Le cadavre portait, à l'emplacement du cœur, une plaie aux bords boursouflés, une entaille profonde qui, à en juger par la quantité de sang qui avait imbibé les différentes couches de vêtements,

avait traversé une artère, entraînant une mort presque immédiate.
— Pauvre bonhomme, murmura Fontaine.
Puis il regarda autour de lui, espérant pour une fois la venue d'une patrouille.

CHAPITRE 1

Une enquête

Le colonel Tessier pestait, jurait, écumait. Sa colère, quand elle semblait sur le point de s'apaiser, repartait brusquement de plus belle, comme s'alimentant elle-même. Il marchait de long en large dans la sombre salle à manger, au rez-de-chaussée de la maison du notaire de Chamblay que l'état-major avait réquisitionnée. Sur la cheminée de marbre, une pendule ouvragée sonna dix heures. L'officier se tourna vers elle, furieux d'être dérangé par l'impertinent carillon. Le notaire avait bien pris soin, en partant, de faire une liste exhaustive de tout ce qu'il laissait dans sa demeure, faute de quoi la pendule eût tout aussi bien pu passer par la fenêtre.

— Et d'abord, qu'est-ce que vous foutiez là, nom de Dieu ? répéta le colonel pour la dixième fois.

— Comme je vous l'ai déjà dit, mon colonel, ça m'arrive d'aller pêcher...

Fontaine n'en menait pas large. Il se voyait déjà en cour martiale, puis les yeux bandés, attaché au poteau d'exécution. Depuis les mutineries du début de l'année, on fusillait beaucoup dans l'armée française. On faisait des exemples, comme disait l'état-major du nouveau général en chef, Nivelle, qu'une propagande enthousiaste surnommait déjà « le niveleur ».

— Ça vous arrive d'aller pêcher ! Mais, bougre de crétin, vous vous croyez où ? En villégiature pour soigner vos nerfs ?

Silencieux à l'autre bout de la pièce, le lieutenant Doussac était tout aussi embarrassé, même s'il jugeait la colère de son supérieur à la fois justifiée et disproportionnée. C'est sans doute lui qui aurait eu besoin d'une villégiature... Le jeune lieutenant crut bon d'intervenir.

— Tout cela est entièrement de ma faute, mon colonel...

— Je ne vous ai rien demandé, Doussac. Mais n'ayez crainte, votre tour viendra !

Il se retourna vers Fontaine qui n'osait pas remuer le petit doigt.

— Et alors ? Est-ce que vous avez pu apercevoir l'assassin ? Est-ce que vous avez remarqué quelque chose aux alentours ? Est-ce que vous avez trouvé des traces ?

— Non, mon colonel. À vrai dire, je n'en ai pas cherché. D'un coup, Tessier parut se calmer. Il considéra Fontaine avec commisération.

— Vous n'en avez pas cherché... Et comment voulez-vous qu'on sache un jour qui a tué votre camarade ?

— J'ai pensé à un des éclaireurs allemands, mon colonel. Il a peut-être été surpris par des Boches et...

— C'est une possibilité, de fait, et c'est provisoirement l'hypothèse que je vais retenir. Ce qui ne m'empêchera pas de faire un rapport, dans lequel, soldat Gabriel Fontaine, vous serez mentionné à titre de témoin mais aussi de coupable d'insubordination. Je vous colle trois jours d'arrêts, et je ne veux plus vous revoir sur les bords du lac, ni vous, ni personne, c'est compris ?

— C'est compris, mon colonel.

Tessier s'avança, menaçant, vers Doussac.

— Et vous, lieutenant Doussac, vous pensez sans doute que nous avons une position facile à tenir, c'est ça ? Que vos hommes n'ont rien de mieux à faire que d'aller taquiner le goujon à leurs moments perdus ?

— Je reconnais que j'ai mal évalué la situation, mon colonel.

— Mal évalué... Voilà bien la façon de parler d'un normalien...

Tessier revint à la table sur laquelle étaient ouverts les dossiers des deux soldats.

— Vous me décevez, Doussac. Il est clair que vous ne savez pas maintenir avec vos hommes la distance qui convient. Je vais demander, et je vais obtenir, votre mutation. Vous n'êtes pas digne du commandement qu'on vous a confié.

Cinglé par l'arrogance du colonel, révolté par l'injustice de ses propos, Doussac était devenu pâle. Il se mit au garde-à-vous.

— Je vous remercie, mon colonel.

— Vous me remerciez ? Mais de quoi, grands dieux ?

— De me remettre à ma place.

Il y eut un moment de silence. Le colonel, renonçant à répondre à l'ironie du lieutenant, allait congédier les deux hommes quand son ordonnance, après avoir frappé à la porte, l'entrouvrit et passa la tête.

— Mon colonel...

— Qu'est-ce qu'il y a encore ?
— Le général Vigneron. Il est en tournée d'inspection.
— Nom de Dieu !

Le général Vigneron était un homme très grand et très maigre. Légèrement voûté, les jambes arquées, il ne manquait pourtant ni d'élégance ni d'un charme certain qui lui venait essentiellement du calme émanant de sa personne. Ses cheveux gris n'étaient pas coupés trop court, dégageant son front large et ses deux yeux gris clair où brillait en permanence une étincelle d'humour. Durant la bataille de la Marne, au tout début de la guerre, il s'était taillé une réputation de grand courage. Il était considéré comme un fin stratège et ses avis étaient écoutés du haut commandement. Officiellement, il était en charge des liaisons opérationnelles entre les différents corps d'armée. Officieusement, on prétendait qu'il occupait un des plus hauts postes du contre-espionnage français. Il serra la main du colonel sans chaleur excessive, puis jeta un coup d'œil inquisiteur à Fontaine et à Doussac. La mine défaite du soldat, la colère froide qui se lisait encore dans les yeux du lieutenant intriguaient le général.

— Un problème, colonel ? Vous avez des mutins, vous aussi ?
— Une mutinerie dans mon régiment ? Pas tant que je serai là, mon général.

Il se tourna vers ses deux subordonnés.

— Vous pouvez disposer. Doussac, je vous charge de faire exécuter la sanction.
— Bien, mon colonel.

Le lieutenant salua et s'apprêtait à sortir, suivi par Fontaine, quand Vigneron arrêta les deux hommes.

— Déclinez vos matricules.

— Lieutenant Doussac Bertrand, 134ᵉ régiment, 22ᵉ compagnie, 3ᵉ section. Actuellement en première ligne au lac des Soyeux.

Fontaine, raide comme un piquet, se présenta à son tour.

— Motif de votre sanction ?

— Je suis allé pêcher dans le lac, mon général.

— La pêche est bonne ?

— Excellente, mon général. Sauf ce matin.

Il y eut un silence, Fontaine n'osait pas en dire plus, le général interrogea Tessier du regard, celui-ci eut un petit rictus d'irritation.

— Le soldat Fontaine a découvert un cadavre, un des nôtres, probablement tué par un groupe d'attaque ennemi.

— Vous avez diligenté une enquête ?

— Ce sera fait, mon général. Et je vais faire doubler les patrouilles dans le secteur.

Le général Vigneron congédia Fontaine et Doussac, puis s'assit dans le fauteuil qui faisait face à la cheminée. Il étendit ses longues jambes vers le feu qui dansait dans l'âtre et poussa un soupir d'aise.

— Comment ça se passe, colonel ? Vos troupes tiennent le coup ?

— Nous sommes pilonnés régulièrement, presque à heures fixes, par les 250 des Boches, mais le lac empêchant tout assaut frontal de part et d'autre, nous sommes relativement tranquilles. Je dis bien « relativement », mon général, parce qu'il y a toujours ces maudites attaques de nuit... Nous avons perdu trois sentinelles le mois dernier. Mais nous leur avons rendu la monnaie de leur pièce.

— Très bien. Voilà près d'un an que vous êtes sur le front, colonel, vous n'avez demandé aucune permission. Je crois pourtant savoir que vous avez une femme et une fille à Paris. Ne vous manquent-elles pas ?

— Bien sûr qu'elles me manquent, mon général, et du reste, je pense me rendre à Paris dans quelque temps. Mais j'estime de mon devoir de rester tant que je le peux à mon poste.

Vigneron hocha la tête et eut un petit sourire que l'autre ne pouvait pas voir.

— C'est tout à votre honneur, colonel.

Tessier se rengorgea, n'osant rien ajouter. Il se sentait mal à l'aise devant Vigneron, dont l'intelligence dépassait largement la sienne et dont la décontraction ne cadrait pas avec l'idée qu'il se faisait d'un officier supérieur. Le général s'était plongé dans la contemplation des flammes. Les reflets du feu jetaient sur son visage des éclats dorés et faisaient apparaître plus profondes les rides de ses joues.

— 134e régiment d'infanterie, murmura-t-il. J'ai lu un rapport surprenant sur un de vos hommes, Tessier. Est-ce que le nom de Célestin Louise vous dit quelque chose ?

— Parfaitement. Je n'ai pas d'autre inspecteur de police dans mes effectifs. Il fait justement partie de la section du lieutenant Doussac. Voilà deux ans que je l'ai sous mes ordres. Un bon soldat, mais une forte tête. Il donne l'impression parfois de mener sa propre guerre. Ajoutez à cela qu'il s'est fait remarquer en haut lieu pour une enquête sur un réseau d'espionnage[1]...

Tessier s'interrompit, brusquement conscient que son interlocuteur appartenait précisément à ce « haut lieu » qu'il venait d'évoquer.

— Vous saviez qu'il a été intégré aux fameuses Brigades du Tigre ?

— J'ai reçu une note à ce sujet.

La voix du colonel ne débordait pas d'enthousiasme. Pourtant, le général continua.

— Cette enquête dont vous parliez tout à l'heure... Ce serait peut-être une bonne idée de la lui confier, non ?

— Mais... Nous avons les services de la prévôté.

— Vous savez bien qu'ils sont débordés par l'évacuation des prisonniers allemands.

— Oui, effectivement... Mais je doute qu'il y ait grand-chose à découvrir dans ce qu'on pourrait désigner comme un accrochage mineur, ayant malencontreusement occasionné la perte d'un de nos hommes.

— Allez savoir... En tout cas, il sera aussi bien à remplir cette mission qu'à se terrer dans la tranchée, même si les rives du lac sont exposées.

Tessier, contrarié, se mordit la moustache. Vigneron poursuivit :

— Je compte sur vous pour le convoquer sans délai. Je souhaite le croiser avant mon départ. En attendant, je m'invite à votre table pour le déjeuner. Vous avez une solide réputation de fine gueule, colonel, j'espère que vous ne la démentirez pas.

---

1. Voir *L'arme secrète de Louis Renault*, Folio Policier n° 528.

Il y avait une note de condescendance dans la voix du général, presque une nuance de moquerie qui exaspérait Tessier et accentuait encore son malaise. Mais il se força à sourire et assura son supérieur qu'il ne serait pas déçu par le repas.

Le cuisinier posa ses bidons au pied du banc de tir. Il s'était fait un point d'honneur à distribuer de la soupe chaude tous les midis et, depuis trois mois que la compagnie tenait cette position en bordure du lac des Soyeux, il avait tenu son engagement, même par temps de neige. Il savait que les soldats de la 3e section amélioraient leur ordinaire de poissons d'eau douce qu'ils faisaient griller sur les braseros, mais cela ne le vexait pas, il leur donnait au contraire des conseils de cuisson et leur avait même fait cadeau de quelques citrons, des gros fruits jaunes qui venaient de Corse. C'était un petit homme brun aux yeux clairs enfoncés sous d'épais sourcils, et à qui son visage en poire et sa petite bouche lippue avaient valu le surnom de Louis XVI. Il avait adapté sa distribution au rythme des bombardements allemands, et la régularité des artilleurs ennemis lui facilitait le travail.

— Ce qui est bien, avec les Boches, répétait-il, c'est qu'ils ont leurs habitudes, et qu'ils n'en changent pas. Question d'organisation. Mais c'est bien pratique pour tout le monde.

Flachon fut le premier à s'approcher.

— T'as failli être en retard, peau de zigue !

Il sortit sa gamelle et le cuistot lui servit un potage clairet assorti d'une boule de pain. Au même instant, Doussac se glissa dans la tranchée, suivi par Fontaine, penaud. Durant les premières années de guerre,

Fontaine et Flachon avaient été comme les deux doigts de la main, se soutenant dans les coups durs, blaguant ensemble le reste du temps. Mais depuis quelques semaines, leur amitié s'était muée en une lancinante irritation : ils ne se supportaient plus, comme si chacun avait fini par représenter pour l'autre la permanence de la guerre et de son cortège de hasards, de menaces et d'horreurs. Les deux hommes ne se parlaient plus et l'on avait vu à plusieurs reprises un incident anodin, un détail, les dresser l'un contre l'autre, prêts à en venir aux mains. Doussac avait bien tenté d'arranger la situation, mais ses paroles d'apaisement étaient demeurées sans résultat. Et, aussi têtus l'un que l'autre, aucun des deux ne consentait à demander une mutation, ou même un stage de perfectionnement qui l'aurait éloigné quelques mois de la section, estimant que c'était à l'autre de le faire. Aussi Fontaine attendit-il que Flachon fût servi et se fût éloigné avant d'aller à son tour réclamer sa pitance. Il fut rejoint près des bidons par Célestin Louise et le petit Germain Béraud, qui ne le quittait plus. Parfois embarrassé par cette compagnie qu'il n'avait pas sollicitée, Célestin n'oubliait pas, cependant, que l'admiration que lui vouait le jeune homme lui avait sauvé la vie : sans le courage et l'obstination de Béraud, le policier n'aurait pas survécu à sa dernière blessure[1].

— Alors, bonhomme, demanda-t-il à Fontaine, ils t'ont pas encore fusillé ?

— Le colon m'a collé trois jours, peine à exécuter dès qu'on sera au repos.

1. Voir *Le château d'Amberville*, Folio Policier n° 540.

Il avala une grande lampée de soupe et se passa la langue sur la moustache.

— Je te dirais que les trois jours d'arrêts, je m'en contrefiche. Mais j'ai plus le droit d'aller pêcher, c'est ça qui me reste en travers.

— C'est pas de veine, admit Béraud en remplissant à son tour sa gamelle. La dernière friture de goujons, je suis pas prêt de l'oublier !

Le cuisinier remplissait maintenant les quarts de vin rouge, un vin du sud, épais, qui chauffait de l'intérieur et que l'intendance avait toujours distribué généreusement. Peuch avait rejoint le petit groupe, il se pointait uniquement pour le vin, qui était devenu l'essentiel de sa nourriture. Le Sarthois n'était plus que l'ombre de lui-même : amaigri, les yeux injectés de sang, il suivait les autres, les mains tremblantes, accomplissant comme un automate ses gestes de soldat. Le lieutenant arriva à son tour. Il se faisait toujours servir le dernier de sa section, une habitude que ses hommes avaient notée et qui augmentait encore leur respect pour leur officier. Tandis qu'il remplissait sa gamelle, Célestin s'approcha de lui.

— Comment ça s'est passé, mon lieutenant ?

— Comment voulez-vous que ça se passe avec le colonel Tessier ? Le règlement dans toute sa raideur : trois jours d'arrêts pour Fontaine, et il va demander ma mutation.

— Ah ben merde, alors ! s'exclama Béraud.

Doussac sourit, touché par la candeur du jeune homme.

— Et pour le cadavre ? continua Louise.

— Officiellement tué par l'ennemi. Je ne sais même pas s'il va y avoir une enquête.

Comme par un fait exprès, un agent de liaison déboula en courant dans le boyau, sautant sur les rondins qui affleuraient, et salua Doussac.

— Lieutenant Doussac ? Un pli pour vous, ordre du colonel Tessier.

L'officier termina sa soupe d'un trait, posa sa gamelle sur le banc de tir et ouvrit l'enveloppe. Deux phrases sèches lui ordonnaient de mettre le soldat Célestin Louise au service de la police militaire, pour s'occuper de l'enquête concernant le fantassin tué sur les bords du lac des Soyeux. Des informations plus précises lui seraient communiquées au poste de commandement. Doussac replia le message et se tourna vers Célestin.

— Je me suis trompé, Louise, il va bien y avoir une enquête !

Célestin s'étonnait toujours de la tranquillité des villages juste en retrait du front. Quelques granges brûlées, un toit défoncé témoignaient bien, ici et là, du passage de la guerre et de la fréquence des bombardements. Mais, passé les premiers moments de panique, la vie avait repris autour des deux ou trois commerces tenus par des femmes, et des fermes entretenues par les vieux. Certains avaient même fait un beau profit sur le dos des soldats, augmentant le prix du pain, du fromage, des charcutailles, et surtout du vin dont les poilus étaient toujours avides. Célestin passa devant l'atelier du maréchal-ferrant, un vieux bonhomme triste aux longues bacchantes qui lui barraient les joues. Il était en grande conversation avec un sergent-chef qui tenait par la bride deux gros percherons gris, de ces bêtes qu'on voyait d'habitude tirer les pièces d'artillerie. Plus loin, c'était déjà la sortie du village et la maison du notaire, gardée par deux plantons. Des automobiles stationnaient devant. Dans le jardin, trois ordonnances échangeaient les dernières nouvelles tandis qu'un fourrier roulait en jurant un foudre de vin. Louise se présenta à la grille, on le laissa marcher jusqu'au perron où deux autres soldats contrôlaient les entrées. Il était attendu. Un aide de camp vint le chercher et le fit entrer dans une vaste salle qui avait dû servir autrefois aux réceptions, et qu'on avait transformée en état-major. Sur la table, les cartes du secteur étaient étalées, zébrées de coups de crayon rouge et bleu, avec la grande tache d'azur représentant le lac des Soyeux. Un officier supérieur était debout, face à l'une des hautes fenêtres, sa silhouette immense se découpait à contre-jour, il était difficile de discerner son grade. Il se retourna, il souriait.

— Bonjour. Je suis le général Vigneron.

Célestin se mit au garde-à-vous et salua.

— Repos. Je tenais à vous voir avant de repartir. C'est moi qui ai insisté pour que l'on vous confie l'enquête sur ce pauvre gars qu'on a retrouvé mort au bord du lac, ce matin.

— Je vous remercie, mon général.

— Ne me remerciez pas. C'est sans doute une enquête de routine, mais allez savoir. J'en ai vu de toutes les couleurs depuis que je m'occupe de la sécurité sur le front de la 3e armée. Des gendarmes pendus aux branches des arbres jusqu'aux bagarres sordides entre poilus, pour un quart de vin ou un colis volé…

Il se pencha sur un petit secrétaire, prit une fine chemise cartonnée et la tendit à Célestin.

— Voici le dossier du gars qui s'est fait tuer. Il n'y a pas grand-chose, vous verrez, un type sans histoire, incorporé l'année dernière.

Louise prit les quelques feuillets et les parcourut. En quelques secondes, il était redevenu policier, chargé d'une enquête criminelle, et ses réflexes de flic lui revinrent presque immédiatement.

— On a balisé l'endroit où il a été retrouvé ?

— La patrouille a laissé des fanions, ceux qui servent à marquer les mines : vous pouvez être certain que personne n'est allé fouiner par là !

— Je vais commencer par faire un tour sur les lieux. Il jeta un coup d'œil par la fenêtre.

— J'ai encore près de deux heures de jour.

— Vous avez carte blanche. Et s'il y a quoi que ce soit dont vous ayez besoin...

— Si ce n'est pas trop vous demander, mon général, j'aurais souhaité travailler avec un adjoint.

— Tiens... Et vous avez pensé à quelqu'un ?

— Un gars de ma section, un débrouillard que j'ai connu à Paris. Germain Béraud.

— Notez-moi son nom, je vais transmettre votre demande et il sera affecté, comme vous, à cette enquête.

La porte de la salle s'ouvrit et le colonel Tessier fit son entrée. Le déjeuner l'avait calmé ; à la colère succéda la morgue. Ce fut à peine s'il regarda Célestin.

— Tout va comme vous voulez, mon général ?

— Parfaitement. Je suis ravi de faire la connaissance du soldat Louise.

De nouveau, il s'adressa au jeune poilu.

— Vous auriez pu être mobilisé sur place et rester à la préfecture de Police de Paris. Pourquoi avez-vous rejoint la troupe ? Vous êtes patriote ?

— Peut-être un sens particulier du devoir. Mais je n'ai jamais regretté.

— Félicitations pour votre nomination aux Brigades du Tigre. Et bonne chance.

— Je vous remercie, mon général.

Il salua Tessier.

— Mon colonel...

— Allez, allez, et réglez-nous cette pauvre affaire, qui n'en est pas vraiment une !

Célestin quitta la pièce, emportant le dossier militaire de la victime. Vigneron se rapprocha de la cheminée et se chauffa les mains.

— Ce garçon me plaît, colonel. Je suis sûr que, bien utilisé, il peut nous être d'une aide précieuse... Il vous reste encore un peu de ce cognac ?

Le mort se nommait Blaise Pouyard, un jeune type qui venait du Berry, d'un drôle de bled qui s'appelait Argent. Sa mère était garde-barrière, son père bûcheron, il avait deux sœurs plus jeunes. Il avait fait ses classes à Bourges, puis avait été incorporé lui aussi au 134e de ligne, mais il appartenait à la 27e compagnie, où il avait été affecté à la 2e section. Célestin se rappelait l'avoir croisé quand le régiment cantonnait à l'arrière. Il avait le vague souvenir d'un brave gosse qui rigolait au milieu de ses copains de tranchée. Le policier s'était assis au petit estaminet du village, déchiffrant le dossier à la lueur d'une mauvaise lampe. Il finit d'un trait son verre de piquette, laissa quelques sous sur la table et se leva. Engourdi par le froid, il eut un geste maladroit, le carton lui échappa et les maigres feuillets volèrent autour de la table. Petit Jacques, le patron, un moustachu bavard qui n'avait pas son pareil pour pousser les soldats à la consommation, se précipita pour aider Célestin à

les ramasser. Il ne cachait pas sa curiosité et remarqua, en se redressant :
— Le petit Blaise, c'est bien lui qu'on a retrouvé mort près du lac ?
— Vous le connaissez ?
— Comme je vous connais tous. Il venait de temps en temps boire son coup, quand il était au repos. Mais j'en sais une qui va faire une drôle de tête !
— Qui donc ?
— La Mélanie, sa bonne amie. Il lui avait bien crocheté le cœur, le salopiaud... Dieu ait son âme !

Il fit un signe de croix, soudain inquiet d'avoir mal parlé d'un mort.
— Mélanie comment ?
— Mélanie Lepouy. C'est la fille du cantonnier.
— Elle habite par ici ?
— Elle travaille à la fabrique d'uniformes, à Douviers, mais c'est pas les dix kilomètres à vélo qui lui font peur. C'est une gaillarde, il ne s'y était pas trompé, le petit gars. Si c'est pas malheureux... Qu'est-ce donc qui lui est arrivé ?
— Il est sans doute tombé sur des Boches. La fille Lepouy, elle est revenue du boulot, à cette heure-ci ?
— Oh non, pas avant la nuit.

Le cafetier eut un sourire égrillard.
— C'est une sacrée, celle-là !

Célestin récupéra son dossier qu'il glissa à l'intérieur de sa capote : le carton aiderait à faire coupe-vent sur la petite route exposée jusqu'à la carrière, là où débouchaient les boyaux qui menaient aux tranchées. Célestin trouva Doussac en train d'écrire une lettre au fond de sa cagna mal chauffée par un brasero qui enfumait l'espace. Le jeune lieutenant lui sourit tristement.

— Les gars sont déçus que vous partiez, mon lieutenant.

— Il y a une chose que j'ai apprise durant cette guerre, Louise, c'est d'accepter le destin. J'en ai trop vu qui s'ingéniaient pour échapper à la mort et qui ont été frappés les premiers, d'autres que le désespoir poussait aux pires folies et qui en sont sortis indemnes... Ma mutation se révélera peut-être une bonne chose. Vous êtes donc officiellement chargé de l'enquête sur la mort du soldat Pouyard ?

— Oui, mon lieutenant. J'ai aussi demandé à ce qu'on détache Germain Béraud pour m'aider.

— Je n'y vois pas d'inconvénient. Il vous rejoindra dès que j'aurai reçu le document officiel, les ordres sont les ordres.

— Je vais devoir aller jusqu'au lac avant la nuit, je voudrais voir l'endroit où Pouyard s'est fait descendre.

— Passez par le petit poste, et emmenez donc Fontaine avec vous, ce sera plus simple. Et ça lui évitera de se prendre le bec avec Flachon !

Fontaine, maussade, assis sur la banquette de tir, s'absorbait dans la confection d'un briquet qu'il avait agencé dans le cuivre d'un obus. Sur l'un des côtés, il avait gravé ses initiales, G.F., et sur l'autre il avait inscrit : 1917, lac des Soyeux.

— Viens, Fontaine, on part en balade.

— Et où c'est qu'on va, bonhomme ?

— Là où t'as trouvé le cadavre, ce matin. On m'a chargé de l'enquête.

Fontaine ne manifestait pas d'enthousiasme à retourner sur les lieux de sa macabre découverte.

— Je crois que je t'aime pas, en flic. Est-ce que je peux amener mes lignes ?

— Tu laisses ici tout ton barda et tu m'accompagnes.

En soupirant, Fontaine enveloppa soigneusement son briquet dans un chiffon, mit le tout dans la poche de sa capote et se leva. Il réajusta sur ses épaules l'épaisse peau de mouton enfilée par-dessus son uniforme et fit signe à Célestin qu'il était prêt. Le petit Béraud vint vers eux, inquiet de les voir s'éloigner.

— Je suis au service de monsieur l'inspecteur, se moqua Fontaine.

— C'est pour le mort de ce matin ? demanda Béraud.

— Parfaitement. On m'a ordonné de m'en occuper. Et il est bien possible que tu me donnes un coup de main.

Célestin n'en dit pas plus, laissant Germain abasourdi. Suivi par Fontaine, il s'avança jusqu'au petit poste, au bout d'un boyau transversal. Une sorte de balcon y avait été aménagé de façon astucieuse : quasiment invisible de l'ennemi, il offrait un poste d'observation sur une partie du lac dont on devinait l'étendue grise, immobile, entre les branches noires des arbres d'où tombait parfois un peu de neige. Les bombardements de l'après-midi avaient cessé, laissant ici et là des cratères et des enchevêtrements de troncs brisés. Les deux poilus se glissèrent hors de la tranchée et, franchissant prudemment les rangées de fils barbelés, parvinrent en contrebas dans les taillis qui bordaient le lac. Des nappes de brume commençaient déjà à flotter au ras de l'eau, annonçant la nuit. On pouvait tout juste distinguer la rive d'en face et le découpage irrégulier de la crête que tenaient les Allemands.

— Avec ce temps-là, on est à peu près tranquilles, les Boches peuvent pas trop nous voir, se rassura Fontaine.

Ils arrivaient au bord de l'eau. Le poilu indiqua une touffe de joncs de laquelle émergeaient quatre fanions de couleur.

— C'est ici qu'il était, le mort.

Célestin regarda autour de lui. À une dizaine de mètres de là, un petit chemin débouchait sur une plate-forme naturelle descendant en pente douce vers le lac. Le policier fit quelques pas et examina le sol. Malgré la neige et le gel, il restait des traces, une empreinte profonde comme si on avait traîné jusqu'à l'eau un objet très lourd, une caisse ou une machine. Un peu plus haut, le passage d'une charrette laissait deviner deux ornières qui disparaissaient rapidement sur le sol devenu trop dur et rocailleux, au fur et à mesure qu'on remontait vers les lignes françaises. Louise et Fontaine tombèrent sur le lacis de barbelés qui marquaient les abords de la tranchée.

— Je suis jamais remonté par là, grogna Fontaine.

Célestin remarqua que le chemin avait été seulement coupé par des sacs de sable empilés les uns sur les autres, et défendus par des chevaux de frise. Juste au-dessus, un abri de mitrailleuse.

— Halte là ! Qui va là ? ! hurla une sentinelle.

— C'est Louise et Fontaine, 22e compagnie, 3e section.

— Alerte ! cria une autre voix. Aux armes !

Célestin et son compagnon eurent juste le temps de se jeter à terre : la mitrailleuse s'était mise à tirer par rafales des balles qui leur sifflaient aux oreilles. Des coups de fusil vinrent s'ajouter au vacarme.

— On se tire d'ici ! brailla Fontaine.

Les deux hommes rampèrent aussi vite qu'ils le purent pour s'éloigner de la tranchée d'où jaillissait maintenant un déluge de feu. Dès qu'ils le purent, ils se redressèrent et se mirent à courir pour gagner l'abri d'un taillis.

— Il faut repasser par le petit poste.

Fontaine poussa alors un gémissement et s'écroula.

— Ma jambe ! Ces cons-là m'ont touché, nom de Dieu !

— Donne-moi la main, je vais t'aider. On va se sortir de là.

Par chance, les tirs avaient cessé. Traînant son camarade qui se tenait comme il pouvait sur sa jambe valide, Célestin gravit la petite côte qui les ramenait au poste avancé. Béraud et Flachon étaient de garde. Ils aidèrent les deux autres à grimper dans l'abri. En voyant Fontaine blessé, Flachon était devenu tout pâle.

— Qu'est-ce qu'ils t'ont fait, manche à couilles ?

— On s'est fait tirer dessus par les gars de la 27e, répondit Louise.

— Ils étaient pas prévenus que vous étiez au lac ?

— La preuve que non.

Flachon avait d'un coup oublié toute son animosité pour son vieux compagnon. La blessure de Fontaine, sa souffrance, le bouleversaient. Il l'attrapa sous les épaules et le porta presque sur son dos jusqu'à la cagna.

— Infirmiers ! Infirmiers ! beuglait-il.

Bientôt, un pansement de fortune autour de la cuisse, Fontaine fut évacué vers l'arrière, tandis que

Célestin faisait son rapport au lieutenant, sous le regard effaré du petit Béraud.

— Il y aurait eu une mauvaise transmission entre le QG et la compagnie, conclut Doussac. C'est possible. Je vais vérifier de mon côté. Mais je ne vous cache pas, Louise, que pour Tessier, je n'existe plus.

— Je comprends, mon lieutenant.

— Et tenez, j'ai reçu l'affectation de Béraud, il est officiellement mis à votre service en tant qu'enquêteur.

Célestin annonça la nouvelle à Germain, dont le visage s'illumina. Le policier n'avait rien dit à Doussac à propos des traces relevées sur la berge. La nuit était tombée. Le cuisinier Louis XVI apporta les rations. Tout en raclant sa gamelle de soupe près d'un brasero, Célestin se confia à son nouvel adjoint.

— D'où il était, Pouyard pouvait très bien surveiller le terre-plein où j'ai relevé des traces.

— C'est des traces de quoi ?

— Si je savais... Et peut-être qu'elles datent de longtemps, avec cette neige et ce froid, c'est difficile à savoir. En attendant, il faut que j'interroge une fille du village.

— Je peux venir avec vous ?

Célestin montra au jeune homme l'ordre de mission que Doussac avait reçu.

— C'est marqué ici, tu vois ? Maintenant, on travaille ensemble. Mais te monte pas le bourrichon, Tessier a peut-être raison et tout ça n'est qu'un sale coup des Boches.

— Mais vous, vous pensez quoi ?

— Je pense qu'on va prendre un coup de gnôle et qu'on va essayer de dormir.

CHAPITRE 2

Jalousies

La pluie d'obus matinale marqua le début de la journée. Le ciel était encore bas, uniformément gris, lourd de neige. La fine couche de la veille avait gelé pendant la nuit, les buissons, les arbres, les herbes, tout était pris dans une gangue de givre. Pas un souffle de vent, pas un oiseau, l'univers entier semblait s'être arrêté. L'air glacé étouffa le bruit sec des explosions. À celui-ci succéda le carillon hésitant des gamelles.

— Voilà le café de Louis XVI ! se réjouit Flachon.

Tout en se réchauffant les mains autour de son quart fumant, il demanda à Célestin de lui raconter une fois de plus la fusillade de la veille, dont Fontaine avait été la victime. Il n'arrivait pas à comprendre comment la compagnie voisine en était arrivée à leur tirer dessus.

— Bordel à queue ! Ils ont même pas essayé de savoir qui vous étiez ? !

— Il faut qu'on aille leur demander, non ? suggéra Béraud, qui prenait très à cœur sa nouvelle fonction d'adjoint.

— On ira. Mais je veux d'abord laisser le lieutenant éclaircir cette histoire de transmission.

— C'est vrai qu'il va foutre le camp ?
— Tessier ne veut plus le voir dans son régiment.
— Évidemment, Doussac est plus malin que lui !

Célestin sortit de sa poche une charpie sans couleur avec laquelle il sécha son quart.

— En route, bonhomme, on va au village.

Béraud ne se le fit pas dire deux fois. Avec un enthousiasme mal dissimulé, il emboîta le pas à Célestin, trébuchant sur les rondins, se retenant aux parois de la tranchée, mais trop content de partir en mission d'enquêteur.

— Regarde-le donc, le petit saligaud, s'il est pas joasse !

Peuch, qui se rinçait la bouche au vin, reposa sa bouteille et, pour une fois, se fendit d'un demi-sourire.

À la sortie du boyau d'accès, le sol était tout verglacé et Célestin s'étala, les quatre fers en l'air. Béraud le rejoignit et, se soutenant l'un l'autre, les deux hommes arrivèrent chez Mélanie Lepouy, une pauvre baraque en torchis dont la cheminée laissait passer un filet de fumée. Le père, Amédée, un colosse d'une cinquantaine d'années engoncé dans une veste de chasse rapiécée aux coudes et à la taille, s'apprêtait à partir au travail. Depuis la mort de sa femme, emportée par une fièvre maligne (les mauvaises langues prétendaient que c'est lui qui l'avait épuisée), il vivait seul avec sa fille, s'exténuant à maintenir en état les rues du village et les routes avoisinantes que les véhicules de l'armée dévastaient depuis plus de deux ans. Il détestait les soldats, il détestait la guerre, il détestait tout ce qui, de près ou de loin, ressemblait à un uniforme. Célestin eut toutes les peines du monde à lui arracher trois mots, juste de quoi comprendre que Mélanie était déjà partie pour Douviers avec sa meilleure amie, Marie-Laurence Floche, qui travaillait avec elle à la fabrique.

— Qu'est-ce qu'on fait, monsieur ? demanda Béraud. On y va ?

— On va y aller, oui, mais avant, on va passer boire un coup chez Petit Jacques.

— Ce voleur ?

Célestin s'amusa de la remarque de Germain. Avant guerre, le jeune homme exerçait ses talents de pickpocket dans la capitale, mais il semblait avoir tout oublié de cette vie-là.

— La question n'est pas là, bonhomme. Le Jacques, il connaît tout le monde au village, et aussi pas mal de poilus qui viennent s'arsouiller chez lui. On va tâcher de lui tirer quelques informations.

Cinq minutes plus tard, les deux soldats étaient attablés dans la salle encore vide à cette heure. Petit Jacques fourgonnait dans un vieux poêle qui donnait autant de fumée que de chaleur. Il n'avait ni lait ni café, il ne servait que de sa piquette, du cidre ou de la gnôle pisseuse qui brûlait les entrailles. Célestin avait négocié deux vins chauds et sucrés. Béraud et lui avaient ouvert leurs capotes, et leurs mains se réchauffaient aux bols de faïence. Célestin raconta en quelques mots leur visite chez le cantonnier, et comment ils avaient manqué Mélanie.

— Avec ce temps de glace, elles partent en avance.

— Elle est souvent avec son amie… Marie…

— Marie-Laurence, oui. Elles ne se quittent pour ainsi dire pas. Et ça, depuis l'école.

— Vous sembliez suggérer, hier, que Mélanie avait un certain tempérament ?

— C'est rien de le dire ! En deux ans de temps, elle a fait le tour de tous les garçons du village. Et puis quand la guerre les a emmenés, elle a eu vite fait de jeter son dévolu sur un beau soldat.

— Elle a dû en faire, des malheureux...

— Plus d'un, oui. Tiens, pas plus tard que la semaine dernière, il y a le fils Lannoy qui est venu en permission. Il en pinçait drôlement pour elle, et je crois bien qu'il pensait la trouver dans de bonnes dispositions. Mais rien à faire, elle s'était entichée de son poilu, le petit Blaise Pouyard... Pauvre gars ! Ça lui aura pas porté chance.

— Et comment il a pris la chose, le nommé Lannoy ?

— Pas très bien. Il a passé une bonne partie de la nuit ici, à noyer son chagrin dans le vin.

— Il a proféré des menaces ?

— Tu sais ce que c'est, quand on a un chagrin d'amour, on raconte tout et n'importe quoi... De toutes façons, au petit matin, il était cuit, et il devait déjà repartir, sa permission se finissait.

— Vous vous souvenez de son régiment ?

— Là, tu m'en demandes trop ! Je me souviens juste qu'il est dans l'artillerie.

Le bistrotier referma son poêle et regarda Louise avec un sourire en coin.

— T'es dans la police ?

— Oui.

Sur le coup, Petit Jacques ne savait plus s'il fallait rigoler. Il esquissa une grimace et, sans se mouiller, hocha la tête. Béraud jubilait. Célestin en rajouta une couche.

— Soldat Célestin Louise, 22ᵉ compagnie, 3ᵉ section, c'est moi qui suis chargé de l'enquête sur la mort de Blaise Pouyard.

— C'est pas un coup des Boches ?

— Tant qu'on n'est pas sûrs...

Il finit d'un trait son vin sucré, un peu trop chaud, qui lui brûlait le ventre, mais c'était bon. Germain l'imita, avala de travers et faillit s'étrangler.

— Si jamais il y a quelque chose qui vous revient, demandez après moi.

Petit Jacques acquiesça sans enthousiasme.

Chamblay était situé au fond d'une vallée. Pour rejoindre Douviers, de l'autre côté de la crête, il fallait remonter une route en lacet qui menait à un défilé naturel qu'on appelait simplement « la Brèche », puis se laisser descendre jusqu'à la grosse bourgade qui vivait de ses deux activités traditionnelles, l'exploitation du bois et le textile. La plus grosse fabrique appartenait à deux frères, Pierre et Maxime Phérin, qui possédaient suffisamment de relations pour s'être reconvertis rapidement à l'économie de guerre. Ils fabriquaient jadis des blouses et des torchons, ils s'étaient mis sans hésitation aux uniformes, profitant du remplacement progressif des pantalons garance par la tenue bleu horizon. En arrivant à l'usine, on passait sous un large panneau au nom des deux frères pour entrer dans une cour où tout un petit monde s'agitait autour des deux vastes ateliers et du bâtiment d'administration. Une rangée de camions militaires stationnaient le long d'un mur, prêts à emporter sur le front les indispensables uniformes. Au bout de trois ans de guerre, ceux-ci subissaient dans les tranchées des modifications inattendues, au gré des trouvailles faites dans les maisons bombardées : Fontaine portait des bandes molletières vertes, Flachon un épais pantalon de curé récupéré dans un presbytère et le petit Béraud un cache-nez jaune taillé dans un rideau. Mais Maxime Phérin semblait si fier de sa fabrication que Célestin se garda bien de mentionner ces fantaisies de poilus.

— Mélanie Lepouy ? Elle travaille à l'atelier numéro 2. Vous allez me la garder longtemps ?

— On fera au plus vite, monsieur. Et mon adjoint va interroger son amie, Marie-Laurence Floche.

— Elles sont au même poste de coupe : ces deux-là, pour les séparer !

Béraud ouvrait de grands yeux incrédules : il allait interroger lui-même une jeune femme ! Tout en se dirigeant avec Célestin vers l'atelier, il le bombardait de questions.

— Qu'est-ce que je dois lui demander ? Vous pensez qu'elle sait quelque chose ? Vous pensez qu'elle est impliquée dans le meurtre ?

— Holà ! Ne va pas trop vite ! Je te fais confiance, Germain, je veux seulement connaître son point de vue sur Pouyard, elle l'a sûrement croisé, et je veux aussi savoir ce qu'elle pense des talents de séductrice de sa copine.

— Mais si je m'embrouille ? Si je trouve pas les bonnes questions ?

— L'essentiel, c'est que tu te fasses une idée.

Ils pénétrèrent dans l'atelier où un contremaître les fit attendre dans une entrée glaciale. À travers une paroi vitrée, ils découvraient l'alignement des machines à découpe et les longues tables d'assemblage. Une vingtaine d'ouvrières en blouse grise s'affairaient sous la lumière blafarde des lampes à acétylène. Ils virent le contremaître s'adresser à deux jeunes femmes qui échangèrent un regard surpris et amusé, puis jetèrent un coup d'œil en direction des deux soldats. Instinctivement, Béraud se rejeta dans l'ombre, Célestin l'attrapa par le bras.

— On dirait que t'as peur ? On n'est pourtant pas face à des mitrailleuses ! Et défais ton écharpe, qu'on voie ta figure !

Les deux filles débouchèrent dans l'entrée, le contremaître les laissa.

— On sort ? Il fait plus froid ici que dehors !

Les manutentionnaires les dévisageaient avec curiosité.

Une fois sortis, Célestin et Mélanie partirent dans une direction, Béraud, embarrassé, emmena Marie-Laurence vers un tas de chutes de tissu auxquelles on avait mis le feu. La jeune ouvrière tendit les mains pour se réchauffer.

— Alors ? Qu'est-ce que vous me voulez ? Vous avez l'air bien grave...

Cette entrée en matière n'était pas faite pour rassurer Béraud.

— Vous savez qu'il y a eu un mort, commença-t-il.

— Vous venez nous parler du pauvre Blaise ? C'est terrible, cette affaire-là ! Quel rude coup pour Mélanie ! Quelle guigne !

— Heu... Elle était vraiment amoureuse ?

— Bien sûr, qu'est-ce que vous croyez ? Et je dirais même qu'elle l'avait dans la peau, si vous voyez ce que je veux dire.

Béraud se sentit rougir. Son expérience auprès des femmes était assez limitée, et la guerre n'avait pas arrangé les choses.

— Mais... avant de le rencontrer, bredouilla-t-il, elle connaissait quelqu'un ?

— Mélanie aime les hommes, c'est dans son caractère, et elle aime aussi en changer. Des fois, je me demande même si c'est pas juste pour faire enrager son père. On en parle quelquefois. Moi, c'est tout le contraire : j'attends de rencontrer le bon, le beau, l'unique !

— Vous avez raison.

C'était sorti comme ça, d'un coup, et la jeune femme considéra Germain d'un œil attendri.

— Tu serais pas un brin sentimental, toi aussi ?

— J'en sais rien... Et le jeune Lannoy, qui était amoureux de Mélanie ?

— Gérard ? Ben quoi ? Elle l'aime plus, c'est comme ça, c'est des choses, ça se commande pas.

— Et ça lui a mis la rage ?

Marie-Laurence éclata d'un grand rire clair.

— Non mais... vous allez pas penser que c'est lui qu'aurait tué Blaise ? Quelle idée !

Décontenancé, Béraud regarda en direction de Célestin, mais celui-ci était en pleine conversation avec Mélanie et ne faisait pas attention à lui. Le policier avait entraîné la jeune ouvrière jusqu'à un tas de poutres enchevêtrées. Mélanie dégagea la neige d'un revers de la main et s'assit sans montrer la moindre gêne au bout d'un des madriers. Elle planta son regard dans celui du soldat.

— Alors ? Vous l'avez trouvé, celui qu'a tué mon Blaise ?

— Si c'est un raid allemand, ce ne sera pas facile... Et puis, c'est la guerre.

— Si vous étiez si sûrs que ça qu'il a été tué par des Boches, vous ne feriez pas toute cette enquête.

La fille était fine mouche. C'était une petite blonde aux cheveux fins, pris dans un vieux bonnet de laine, avec un sourire de travers qui lui donnait un air à la fois humble et impertinent. Elle avait une silhouette légère malgré la blouse d'ouvrière, et le regard clair et vif.

— Il y a quelque chose qui vous ferait dire qu'il a été tué autrement ?

Mélanie renifla et, d'un revers de manche, chassa la goutte qui lui pendait au nez. Elle demeurait silencieuse, jaugeant Célestin.

— Si c'est vrai, je veux qu'on retrouve son assassin.

— Qu'est-ce qui est vrai ?

— Blaise avait un truc dans la tête, qui le tarabustait, depuis quelque temps. Et je crois bien que ça concernait le front. La preuve, c'est qu'il ne voulait pas m'en parler. Des fois, il restait prostré, la tête dans les mains, en balançant la tête de droite à gauche, comme s'il arrivait pas à croire à ses propres idées.

— C'est vague...

— Je peux pas vous en dire plus sinon que la dernière fois qu'on s'est vus, quand il était de repos à Chamblay, juste avant de remonter en ligne, il m'a dit qu'il en aurait le cœur net. Et je voyais bien qu'il pensait à quelque chose de précis.

— Et là-dessus, il est mort.

— Voilà. Mais c'est peut-être juste une coïncidence, une mauvaise blague du destin.

La jeune femme avait redressé la tête et pris un air presque farouche, elle ne voulait pas laisser voir sa peine. Un coup de vent fit voler autour d'elle des copeaux de neige. Elle se releva.

— Vous voulez savoir autre chose ?

— Vous êtes pressée de retourner travailler ?

— Pas plus que ça, mais j'ai froid.

Célestin la regarda rentrer à l'atelier et disparaître derrière la petite porte de fer, suivie par Marie-Laurence. Il fit signe à Béraud, ils n'avaient plus rien à faire à la fabrique.

Les deux soldats avaient repris le chemin de Chamblay. Célestin, une cigarette au coin des lèvres, restait pensif. À ses côtés, Béraud lui jetait des regards en coin sans oser le déranger. Autour d'eux, les champs glacés montaient vers la crête et la neige était grise, à peine moins que le ciel. De temps en temps, un corbeau curieux venait se poser en criant sur les restes d'une barrière ou la souche d'un arbre mort, et les regardait passer avant de repartir se percher au sommet d'un sapin. Le policier, finalement, rompit le silence.

— Alors, qu'est-ce qu'elle t'a raconté, la Marie-Laurence ?

— Elles s'entendent bien, toutes les deux, mais elles sont vraiment pas pareilles.

— Bon, et alors ?

— Elle ne pense pas que l'artiflot soit dans le coup. Elle dit que c'est pas le genre à bigorner un autre poilu pour une histoire de bonne femme.

— Admettons... Ça nous empêchera pas de vérifier. Et quoi d'autre ?

— Le Blaise Pouyard, elle le connaissait tout juste, parce que dès qu'il venait en repos, Mélanie lui sautait dessus et ne le lâchait plus.

— Oui, j'ai vu ça, elle était bien accrochée. Faut croire qu'elle avait trouvé celui qu'il lui fallait. C'est pas de chance qu'il soit parti comme ça ! Qu'est-ce qu'elle t'a raconté d'autre, la Marie-Laurence ?

— Ben... pas grand-chose !

Et d'un coup, le petit poilu se mit à rougir.

— Je vous avais dit que je saurais pas lui poser les questions !

— Mais si, je suis sûr que tu t'es très bien débrouillé. C'est une jolie femme, tu ne trouves pas ? Enfin, t'as peut-être pas fait attention.

Béraud se demanda jusqu'à quel point Célestin se moquait de lui. Ils arrivaient au sommet de la crête et, sur l'autre versant, commençait la guerre. On voyait Chamblay en partie démoli et, plus loin, le dessin sinueux des tranchées et des boyaux d'accès. Enfin, tout en bas, l'ovale d'argent du lac. La neige, comme un grand pansement, avait recouvert la terre labourée par les obus allemands. Les artilleurs s'étaient octroyé un répit. Célestin repéra une batterie de 75 camouflée dans un petit bois de sapins. Les soldats avaient construit un auvent de bois sous lequel ils rangeaient les munitions. On distinguait leurs silhouettes affairées près des canons ou occupées à trimballer les obus dans des caisses qu'ils portaient à deux. Un grondement fit se retourner les deux fantassins : c'était un camion qui peinait à grimper la côte, et dont les roues patinaient parfois sur la neige verglacée. Enfin il parvint au sommet et le chauffeur immobilisa un instant le lourd véhicule.

— Le PC du colonel Tessier, vous savez où il est ?

— T'y es presque, bonhomme, c'est juste à l'entrée du petit village qu'on devine là-bas.

Célestin désignait Chamblay dont quelques cheminées laissaient encore filer un maigre trait de fumée qui se perdait vite sous le ciel lourd.

— Merci, les gars.

Le chauffeur redémarra. Un coup de vent souleva la bâche, à l'arrière, laissant apparaître des caisses d'armement.

— Il aurait pu nous rapprocher ! regretta Béraud.

— Ça me fait du bien de marcher, ça me permet de réfléchir.

Les deux hommes se remirent en route.

— Il est bien possible que le pauvre Pouyard soit tombé sur quelque chose de bizarre.

— Un sous-marin ? plaisanta Germain. En tout cas, s'il avait vu des Boches, il aurait donné l'alerte.

— Il y avait des traces sur la rive, comme si on avait chargé des engins lourds sur un bac.

— Pour aller où ? Y'a que les Boches, en face.

— Justement.

— Un raid d'une section d'assaut ?

— C'est pas ça qui l'aurait empêché de dormir, le Pouyard. Il y a des gens qui ont emmené des trucs là-bas, qui leur ont fait traverser le lac et qui les ont laissés en face.

— Des explosifs ?

— Mais non, bec de veau, réfléchis un peu : ces gens-là, ils ne voulaient pas se faire voir. Seulement Blaise Pouyard se doutait de quelque chose, il les a espionnés mais il s'est fait prendre. Ils ne lui ont pas laissé la moindre chance.

Béraud, vexé, mains dans les poches, avait baissé la tête. Il maugréa :

— On ne traverse pas les lignes aussi facilement !

— Je suis d'accord avec toi. Et c'est peut-être ça qui va nous permettre de comprendre ce qui s'est passé. Aïe !

Célestin grimaçait de douleur.

— Qu'est-ce qui vous arrive ?

— C'est depuis ma blessure, j'ai des élancements...
Il ne devrait pas tarder à neiger.

En effet, lorsque les deux hommes traversèrent Chamblay pour s'engager dans le boyau d'accès, les gros nuages noirs avaient lâché leur cargaison de flocons blancs qui se collaient aux capotes et piquaient les yeux.

Cette fois-là, Flachon avait partagé la gnôle de Peuch. Ils avaient parlé de Fontaine, de ses pêches miraculeuses et de sa blessure, et qu'il allait s'en sortir et qu'il serait peut-être réformé. Il aurait réussi ce que beaucoup de poilus espéraient, la « fine blessure », celle qui met hors de combat sans trop abîmer et donne droit à de longs mois de convalescence.

— Faut pas qu'il y compte trop, cette peau de zigue, annonça Peuch, parce que, par les temps qui courent, de la chair à canon, va y en avoir besoin !

— C'est des ragots de cuisinier, le Sarthais, faut pas les croire. Moi, je pense qu'on va en voir la fin, de cette saloperie de guerre, et d'ici pas longtemps.

— Parce que tu crois que le Nivelle, il va être plus génial que les autres, et que d'un coup de baguette magique on va tous se retrouver à Berlin ?

Flachon s'enfila encore une bonne rasade d'alcool et leva le visage vers le ciel. Les flocons de neige venaient s'emprisonner dans sa barbe épaisse ou scintiller quelques secondes sur la laine de son cache-nez.

— Ils vont lui foutre la paix, à Fontaine, et à nous aussi, tu verras. Quand je pense que mon petit Martin va avoir dix ans demain, et que ça fait huit mois que je les ai pas vus, la petite et lui. Et je te parle pas de ma bourgeoise, elle se donne du mal, mais elle peut pas tenir la boutique toute seule.

Il vit s'assombrir le visage de Peuch et se rappela que lui, sa femme l'avait quitté pour un embusqué et que depuis ce temps-là il s'était mis à boire comme un trou, et qu'il s'en foutait bien de crever à la guerre, ça l'aurait presque arrangé. Et comme par un fait exprès, il revenait à chaque fois sain et sauf des pires assauts, sans une égratignure mais les yeux hagards et pleurant d'alcool. Alors Flachon se tut, lui rendit le flacon d'eau de vie et attrapa quelques branches mortes pour recharger le brasero. Le bruit des bidons de Louis XVI le fit se retourner. Le cuisinier arrivait, jovial, suivi de près par Célestin et Béraud. Quelques sifflements d'obus les firent se plaquer un instant dans les abris individuels creusés sommairement dans les parois de la tranchée.

— C'est le tir de midi, commenta le cuistot, d'habitude, il est toujours trop long, mais cette fois-ci, il est carrément trop court !

De fait, les obus explosaient au bord du lac, certains qui tombaient dans l'eau soulevaient des gerbes d'écume. La rafale passée, Médole distribua les rations, il avait préparé une espèce de cassoulet sans trop de viande mais qui avait le mérite d'être bien chaud. Avec une boule de pain et un quart de rouge, c'était presque un bonheur.

— Alors, demanda Flachon, la bouche pleine, ça avance, votre enquête, monsieur l'inspecteur ?

— Justement, tu vas m'aider. Il y a trois semaines, quand t'avais été désigné pour faire le coup de main de l'autre côté du lac, vous aviez bien ramené un fusil-mitrailleur de chez les Boches ?

— Je veux, mon neveu, même que c'était un modèle français, déjà qu'on n'en voit pas beaucoup, on s'est demandés comment il était arrivé là !

— Et qu'est-ce qu'il est devenu ?

— C'est le chef de section qui l'a emporté pour le faire voir à son capitaine, depuis, j'ai pas eu de nouvelles.

— Quelle compagnie ?

— La 27e.

Célestin échangea un regard avec le petit Béraud. Le cuisinier, qui récupérait ses gamelles, intervint.

— Les pauvres gars, ceux de la 27e ! Ils sont partis ce matin pour le nord, ils vont être en première ligne du côté de Soissons.

— Comment tu sais tout ça, saucisse à pattes ?

— J'ai discuté avec le fourrier. Il faisait la gueule, je vous jure, parce que là-bas, ça barde autrement que par ici, et c'est que le début !

— Et pourquoi y'a pas tout notre régiment ? demanda Peuch.

— Demander pourquoi, mon pote, c'est déjà commencer à désobéir !

Le cuisinier s'apprêtait à repartir quand, à l'entrée du boyau d'évacuation, il dut céder la place à un cycliste qui arrivait tout droit du PC de Chamblay.

— La 3e section, c'est bien ici ?

— Tout juste, Auguste !

— Le soldat Louise Célestin est convoqué chez le colonel Tessier. Il doit s'y rendre dans les plus brefs délais.

— Veinard ! se moqua Flachon.

Célestin attrapa un bout de pain qu'il plongea dans sa gamelle pour attraper un peu de sauce et se leva.

— J'y vais tout seul ou avec mon adjoint Béraud ?
— On m'a donné que votre nom.

Louise engouffra une grosse bouchée de pain trempé de jus de légumes qu'il fit passer d'un coup de rouge.

— On y va.

Il suivit le cycliste le long de l'étroit boyau qui se ramifiait à travers des embranchements marqués de poteaux indicateurs à moitié effacés portant les lettres des différents secteurs. La neige fondait immédiatement au fond de la tranchée et se mêlait à la gadoue dans laquelle ils avançaient en enfonçant jusqu'aux chevilles. Parfois, un rondin les faisait trébucher, ils se rattrapaient machinalement aux parois gelées, c'était devenu comme une seconde nature. Célestin essaya de soutirer quelques informations au cycliste de liaison, mais l'homme n'était pas bavard et semblait très à cheval sur le règlement. Le policier aurait aimé en savoir plus sur ce message le concernant qui n'était jamais parvenu à la compagnie voisine, à la suite de quoi Fontaine avait bien failli se faire tuer.

— Je ne suis pas au courant, se contenta d'affirmer le cycliste.

Arrivé à une fourche qui partait à gauche vers le « secteur F », il salua Célestin, il avait un pli à remettre au lieutenant d'un autre section.

Après une demi-heure d'un trajet pénible qu'il commençait à connaître par cœur, Célestin se retrouva aux abords de Chamblay. Les maisons effondrées témoignaient de la violence des bombardements mais une partie du petit village, groupé autour de l'église, était miraculeusement restée debout, et les gens n'avaient pas voulu partir. Dans cette zone où les combats s'étaient calmés, l'état-major avait fini par s'accommoder de ces quelques paysans qui entretenaient un semblant de vie à Chamblay. La neige formait maintenant une couche épaisse sur le chemin, les godillots s'y enfonçaient avec un petit chuintement et le jeune homme se rappela les parties de luge, en réalité une vieille caisse de bois, dans les rues étroites d'Ivry, quand il revenait de l'école. Il ne pensait pas devenir flic, alors, et encore moins soldat. Le monde semblait installé dans la paix, une paix qui avait la couleur de l'enfance et comme un parfum d'éternité. Il revit le sourire patient de sa mère lorsqu'il rentrait à la maison, les genoux en sang et les vêtements déchirés, s'attirant les moqueries de sa sœur Gabrielle, il se souvint de l'indulgente sévérité de son père qui parlait toujours d'un voyage qu'ils auraient fait tous les quatre. Mais ils n'étaient jamais partis, son père était mort d'une angine de poitrine et sa mère, à bout de force, l'avait suivi dans la tombe quelques années plus tard. L'image de leur vieil immeuble à la façade noire de fumée s'estompa : il arrivait en vue du PC.

CHAPITRE 3

Un mystérieux informateur

Devant la grande maison du notaire, l'habituel va-et-vient irrita Célestin. Il fallait croire que moins on faisait la guerre, plus on paraissait affairé. Il reconnut le camion qui les avait dépassés, Germain et lui, au sommet de la crête de Douviers. Un aide de camp, emmitouflé dans un gros manteau à peine militaire, un dossier sous le bras, s'engouffra dans une auto dont le chauffeur démarra aussitôt en faisant patiner les roues sur la chaussée glissante. La neige avait déjà fait un petit matelas blanc sur les murets du jardin. Célestin poussa la grille d'entrée et s'avança jusqu'au perron. Une sentinelle frigorifiée lui demanda son nom et il dut encore attendre. Le vent dessinait dans les flocons des formes fantastiques. De nouveau, son esprit le ramena aux temps de l'enfance et des rêves chimériques qui l'emportaient loin des bancs de l'école. La sentinelle, enfin, revint et le fit entrer dans la pièce de travail du colonel Tessier. Là aussi, on le fit patienter. Le feu, dans la cheminée, s'était éteint. Le policier eut le loisir d'examiner la carte d'état-major étalée sur la grande table, il repéra le chemin qu'il avait suivi avec Fontaine et le replat où ils s'étaient fait aligner par les sentinelles.

La tranchée, à cet endroit, coupait effectivement un ancien passage qui descendait jusqu'au lac. Mais il n'en saurait pas plus : toute la 27ᵉ compagnie venait d'être expédiée au Chemin des Dames, là où ça bardait, un nouveau Verdun en pire, une nouvelle fournaise où les types allaient se faire massacrer pour reprendre un bout de crête ou quelques mètres de terre pourrie de métal et de cadavres. L'entrée du colonel interrompit ses réflexions. Tessier n'était pas de meilleure humeur que d'habitude. Il se fit raconter les débuts de l'enquête, l'interrogatoire de Mélanie, les traces sur la rive du lac, la blessure de Fontaine.

— Je pensais que les sections avaient été mises au courant de notre investigation, interrogea Célestin. On n'aurait jamais dû se faire tirer dessus…

— Une information qui a dû se perdre au moment de la relève. Je suis désolé pour vous.

— Savez-vous qui a donné l'ordre de faire partir la 27ᵉ compagnie ?

— Ça vient de l'état-major. Moi, je transmets et j'organise. Mais je ne vous cache pas que le général Nivelle est un partisan de l'offensive, et je partage cette opinion. Les secteurs plus calmes, comme celui-ci, seront forcément affaiblis au profit des endroits stratégiques. N'allez pas voir des machinations partout.

Célestin savait ce que la stratégie du nouveau généralissime voulait dire en termes d'assauts meurtriers, de pertes en hommes, de souffrances innommables. Il y eut un long silence, le colonel contemplait par la fenêtre le silencieux désastre blanc. Il finit par demander :

— Et maintenant ? Qu'allez-vous faire ?

— Avec votre permission, je souhaiterais pousser jusqu'à Luxeuil, à l'état-major de division.

— Qu'est-ce que vous allez foutre là-bas ?

L'officier s'était retourné et dardait sur Célestin un regard furibond. Le policier insista.

— Il y a peut-être quelqu'un qui a une idée au sujet de cette affectation de la 27e compagnie. Vous avez probablement raison, il s'agit d'une coïncidence, mais je n'ai pas d'autre piste pour le moment. Si, comme je le pense, il y a eu un trafic d'armes avec les Boches, cela a demandé des complicités dans nos rangs. D'autre part, ce sont des soldats de cette compagnie qui nous ont tiré dessus.

— Votre accusation est très grave, Louise.

— Vous êtes au courant de ce fusil-mitrailleur français qu'on a ramené des lignes allemandes ?

— Qu'est-ce que c'est que cette histoire ?

— Un gars de notre section l'avait rapporté, suite à une opération de nuit. Il l'a confié au capitaine de la 27e compagnie.

— Encore elle ?

— Je ne vous le fais pas dire, mon colonel.

Tessier se racla la gorge et haussa les sourcils.

— Oui... Enfin, les éléments que vous mettez en avant ne forment pas un faisceau très convaincant.

— J'en suis conscient. Et il y a de grandes chances que je fasse fausse route et que mon enquête s'arrête à l'état-major. Mais je voudrais pouvoir dire au général Vigneron que je n'ai négligé aucune piste.

À la mention de son supérieur, Tessier eut un petit rictus d'irritation. Il traversa brusquement la salle, s'arrêta devant la cheminée, puis marcha droit sur le jeune policier.

— Sachez que pour moi, vous en avez assez fait, et que je jugerais votre présence beaucoup plus indispensable auprès de vos camarades de tranchée que sur les routes du département. Néanmoins, puisque vous ne voulez pas décevoir le général Vigneron, nous n'allons rien laisser au hasard. Je mets à votre disposition un véhicule et un chauffeur.

Il regarda sa montre.

— Vous avez le temps d'aller là-bas et de revenir avant la nuit.

— Si les routes ne sont pas trop mauvaises...

— Débrouillez-vous !

Il ouvrit la porte et appela son ordonnance. Une demi-heure plus tard, un improbable engin embarquait Célestin devant la grande demeure. C'était une sorte de machine tout-terrain construite à partir d'une Renault de tourisme qu'on avait affublée de roues énormes, et dont on avait réduit la cabine pour la prolonger, à l'arrière, par un plateau fermé. Une fois installé sur le siège passager, on se trouvait ainsi bien au-dessus de la route enneigée, dans laquelle le véhicule traçait son chemin sans trop de difficulté, avec un grand bruit de pétarade. Célestin fut surpris de reconnaître au volant le cycliste qu'il avait laissé à l'embranchement des boyaux d'accès. Le type n'avait pas l'air de meilleure humeur.

— On vous a changé d'affectation ?

— Pas vraiment, je suis toujours aux transmissions.

— Ça fait longtemps que vous êtes sur le front ?

— Deux ans.

— Vous venez d'où ?

— De Paris.

— Tiens, comme moi.

— Oui, je sais. Vous êtes flic. Moi, je dis qu'à la guerre il devrait plus y avoir de flics.

Célestin ne releva pas.

— Vous avez entendu parler de la mort du soldat Pouyard, au bord du lac des Soyeux ?

— Oui, un peu. Mais qu'est-ce qu'il foutait là ?

— C'est bien la question.

L'autre lui jeta un regard furtif puis se concentra sur sa conduite. Il y avait une trentaine de kilomètres de mauvaise route jusqu'à Luxeuil, et sous les bourrasques de neige le maniement du lourd véhicule demandait beaucoup d'attention. Il chassait dans les courbes et, par deux fois, la roue avant mordit le bas-côté. Enfin, ils arrivèrent à Luxeuil.

La petite ville thermale s'était assoupie sous la neige. Ils longèrent un étang gelé sur lequel une bande de chenapans, portant bérets et cache-nez, s'avançaient prudemment et lançaient des pierres qui ricochaient sur la croûte de glace. Enfin, le chauffeur gara la Renault en épi, parmi plusieurs véhicules militaires qui stationnaient devant une splendide demeure Renaissance.

— Je vous laisse faire, moi, je vais aller me réchauffer. Vous pensez en avoir pour combien de temps ?

— On se retrouve ici dans une heure.

La neige n'avait pas cessé, soulignant d'un trait blanc les entrelacs du balcon qui barrait toute la largeur de la façade. La cheminée fumait d'abondance, des silhouettes passaient aux fenêtres, un aide de camp bouscula presque Célestin pour arriver avant lui à la bâtisse, tout respirait l'activité. Deux plantons maussades montaient la garde au bas des marches du perron, engoncés jusqu'aux yeux dans d'épaisses capotes grises. Le policier leur présenta son laissez-passer.

— Vous venez voir qui ? demanda le plus patibulaire des deux cerbères.

— Le service des affectations.

Les deux gardes échangèrent un regard perplexe.

— Vous avez un nom ?

— Pas spécialement. N'importe quel officier de ce service peut m'aider.

— Les affectations, vous dites ?

La discussion menaçait de s'éterniser quand une voix leur tomba du ciel. En haut des marches, devant la porte d'entrée, l'aide de camp secouait la neige de ses chaussures. Il avait entendu la demande de Célestin.

— Suivez-moi, je vous emmène.

Les deux plantons saluèrent et laissèrent passer le jeune policier qui grimpa la volée de marches. Il pénétra à la suite du sous-officier dans un couloir sombre qui donnait, de part et d'autre, sur des salons où s'affairaient des ordonnances et divers gratte-papier, et au fond sur un large escalier de bois menant au premier étage. Les deux hommes se débarrassèrent de leurs manteaux lourds de neige qu'ils accrochèrent à une patère de cuivre fixée au mur.

— Qu'est-ce qui vous amène ici ?

— J'enquête sur la mort d'un soldat du 134e, 27e compagnie.

— La 27e... Vous êtes de la prévôté ?

— Non. Je suis inspecteur de police dans le civil, c'est le général Vigneron qui m'a confié cette enquête.

— Venez avec moi.

Ils gravirent l'escalier en haut duquel l'aide de camp frappa à une porte, l'ouvrit sans attendre de réponse, fit signe à Célestin d'attendre quelques secondes, disparut dans la pièce puis réapparut.

— Le commandant Cholet va vous recevoir.

Célestin pénétra dans ce qui avait dû être une chambre de jeune fille. Malgré tous leurs efforts, les militaires n'avaient pas réussi à ôter à la pièce ses relents de douceur ingénue et de naïveté. Les pans de papier peint qui n'étaient pas recouverts par des cartes, des statistiques ou des classeurs montraient encore, se reproduisant tous les trente centimètres, une scène bucolique avec berger, bergère et blancs moutons. La croisée, les plinthes et la porte étaient peintes en vieux rose et, au-dessus de l'énorme cheminée où trônait désormais un vieux poêle asthmatique, le miroir s'ornait d'un motif floral du plus charmant effet. Il faisait froid, le vent passait sous la fenêtre et la chaleur s'envolait vers le plafond trop haut. Assis derrière un bureau, un militaire joufflu aux cheveux ras fixa ses petits yeux noirs sur le policier. Sans un mot, il examina son laissez-passer avant de le lui rendre avec une moue dubitative.

— Qu'est-ce que c'est que cette enquête ? Pourquoi ne l'a-t-on pas confiée à la sécurité militaire ?

— Posez la question au général Vigneron, mon commandant.

— Je n'y manquerai pas, soyez-en certain. En attendant, qu'est-ce qu'il vous faut, comme renseignement ?

— Je veux simplement savoir qui a décidé de l'affectation de notre 27e compagnie dans le secteur du Chemin des Dames.

— Eh bien, soldat Louise, votre enquête risque fort de s'arrêter ici : c'est moi qui ai décidé de cette affectation, au vu du relevé des effectifs et des états de service de cette compagnie. Elle répond tout à fait aux critères exprimés par l'état-major dans une circulaire que nous venons de recevoir... Vous voulez la lire ?

— Non, je vous remercie. Je vous fais confiance. Et vous avez choisi seul ?

— Au risque de vous étonner, ironisa Cholet, mon grade m'octroie quelques responsabilités.

— Bien sûr.

L'officier ne se trompait pas : Célestin aboutissait à une impasse. Pourtant, il n'était pas vraiment déçu, il s'était douté qu'en passant par la voie officielle, même s'il était obligé de le faire, il ne découvrirait pas grand-chose.

— Autre chose ? s'enquit le commandant en exagérant son sourire.

— Peut-être... Je cherche à connaître l'affectation exacte d'un artilleur nommé Gérard Lannoy, originaire de Chamblay.

L'officier lui tendit un bout de papier et un crayon.

— Écrivez-moi son nom ici, je vous ferai parvenir une réponse dans les plus brefs délais. Notez aussi votre section, que je puisse vous retrouver.

Célestin redescendit l'escalier, suivi par le cliquetis d'une machine à écrire. Il était en avance pour le rendez-vous avec son chauffeur, et il n'y avait nulle part où attendre. Il prit son temps pour enfiler sa capote encore humide, la neige avait fondu et transpercé l'épais tissu qui mettrait des jours à sécher. Il se dirigeait vers la lourde porte, au bout du corridor, quand il sentit sous ses doigts la présence d'un papier encore tout sec. Il venait, de toute évidence, d'être glissé au fond de sa poche. Il le sortit, le déplia. Quelques mots étaient griffonnés dessus, lui donnant rendez-vous le soir même, à vingt heures précises, dans le parc des Thermes, et lui enjoignant une absolue discrétion. Il était ajouté en manière de post-scriptum : « J'ai des informations sur ce que vous cherchez. » Célestin remit le papier dans sa poche. Pour la première fois depuis qu'il enquêtait sur la mort de Blaise Pouyard, il avait l'impression que le malaise diffus qu'il éprouvait trouvait un écho précis, tangible, qui corroborait ses pressentiments. Il allait s'accrocher à son enquête, et même s'il devait avancer à l'aveuglette, il savait désormais qu'il irait jusqu'au bout. Le message qu'il venait de recevoir prouvait qu'il n'était pas le seul à se préoccuper de cette affaire. Le soupçon l'effleura qu'on lui tendait un piège et il regretta de ne pas porter d'arme. Son Lebel était resté à la tranchée, et il n'avait pas pensé à demander au colonel Tessier un revolver d'ordonnance. Il allait devoir faire attention. En attendant, son programme se modifiait. Il ouvrit la porte et fut saisi par le froid. Le vent lui colla un essaim de flocons sur la figure. Il se passa la langue sur la moustache, la fraîcheur humecta sa bouche. Il redescendit la volée de marches du perron. Les deux sentinelles ne firent même pas attention à lui. Il traversa la rue et s'éloigna. Il avait repéré en venant un petit estaminet à la façade modeste mais engageante. Devant, comme partout ailleurs dans la petite ville, se trouvaient des véhicules militaires et, au milieu d'eux, un magnifique side-car Indian, de fabrication américaine. Le siège passager était protégé par une pièce de cuir et, sous la neige, dans le jour qui baissait, l'attelage prenait l'allure étrange d'un vaisseau fantôme prêt à partir pour les destinations les plus extravagantes. Célestin entra dans la salle au plafond bas, chauffée par un grand poêle et éclairée par quelques lampes à pétrole. La plupart des clients attablés étaient des soldats. Il reconnut des blousons d'aviateurs.

— Célestin Louise ! L'homme qui promène des cadavres en brouette !

La voix, sonore, était joviale. Le policier se retourna et vit un homme se lever et venir à sa rencontre. Il reconnut Antoine Daviel, l'aviateur qu'il avait rencontré au début de la guerre près de Soissons[1]. Il entraîna Célestin à sa table, occupée par deux autres membres de son escadrille, un tout jeune type aux grands yeux bleu pâle et un sergent au visage buriné, un des seuls à ne pas porter la moustache. On apporta un verre et tous trinquèrent à ces retrouvailles inattendues. Daviel n'avait rien perdu de sa faconde, il mêlait avec bonheur les anecdotes de bataille et les citations d'auteurs classiques, le tout avec une légèreté qui faisait oublier les dangers qu'il avait courus. Célestin dut raconter la fin de son enquête et comment il avait fini par retrouver le meurtrier de son lieutenant. Un court instant, le visage mélancolique de Claire de Mérange lui revint en mémoire, et tout le malheur qui l'entourait.

— Et cette fois, tu poursuis quel assassin ? plaisanta Daviel.

— C'est une enquête de routine, affirma le jeune policier, ils n'ont même pas voulu la confier à la prévôté.

1. Voir *La Cote 512*, Folio Policier n° 497.

Antoine lui jeta un regard pénétrant.

— Tu ne veux pas tout nous dire, mais c'est tes oignons. L'important, c'est que nous nous retrouvions ici, au beau milieu de cette foutue guerre qui n'a pas encore réussi à nous faire la peau !

Ils vidèrent la bouteille de vin, en commandèrent une autre. Célestin se fit expliquer que Luxeuil possédait un excellent aérodrome et que, pour cette raison, la place était devenue une base importante de l'aviation de chasse.

— Malheureusement, avec la tempête de neige, nous sommes cloués au sol, il faudra attendre les beaux jours pour se battre.

— Tu appelles ça les beaux jours ?

— Bien sûr, Louise, tout plutôt que de rester à terre, à contempler nos machines inutiles qui pointent déjà leurs museaux vers le ciel. Et puis tu ne connais pas le bonheur de se perdre dans l'azur, de voir défiler sous la carlingue le lacis des boyaux, et tout à coup de se sentir secoué tandis que tout autour s'ouvrent les champignons blancs de l'artillerie ennemie.

Daviel s'était perdu dans son récit, à l'entendre, on s'y serait cru.

— Et puis soudain, émergeant d'un nuage trompeur, voilà trois croix noires, trois chasseurs monoplaces boches qui en veulent à notre peau. Tout se joue alors au dixième de seconde, à des gestes réflexes au milieu du réseau pourpre des balles traçantes. Et puis revenir à la base, repérer les trous dans le fuselage, retrouver l'escadrille et boire à notre chance...

L'aviateur leva son verre. Les deux autres l'avaient écouté sans dire un mot, le jeune aspirant au regard clair ne cachait pas son admiration pour son aîné. Ils trinquèrent une nouvelle fois. Célestin regarda sa montre, il était temps de rejoindre son chauffeur et de l'avertir qu'il ne rentrerait pas.

— Dis-moi, Daviel, si je dois rester à Luxeuil cette nuit, connais-tu un endroit où dormir ?

— Les hôtels sont pleins à craquer de tous les embusqués qui se planquent derrière les dossiers de l'état-major et passent leur temps en courbettes et en statistiques. Le plus simple, c'est que tu viennes à la base, on te trouvera bien un lit de camp dans un des baraquements. Ce ne sera pas de tout confort, mais…

— Tu n'as jamais dormi dans la tranchée, se contenta de répondre Célestin.

— Alors, on invite un rampant ? plaisanta le sergent.

— T'inquiète, Reuillard, c'est pas contagieux !

Ils convinrent que Daviel l'attendrait à neuf heures au coin du parc des Thermes et de la rue de Grammont. Bien entendu, le side-car lui appartenait.

La grosse Renault, moteur tournant, stationnait devant le quartier général. Son toit plat s'était couvert d'une belle épaisseur de neige. Le chauffeur, enfoncé dans ses couches de vêtements, ressemblait, calé derrière son volant, à un ours prêt à entrer en hibernation. En criant pour couvrir le bruit de la machine, Célestin l'avertit qu'il ne rentrait pas avec lui à Chamblay.

— Qu'est-ce qui vous prend ? Le colonel Tessier m'a clairement ordonné de vous ramener.

— Vous lui direz qu'un élément nouveau dans mon enquête m'oblige à rester ici ce soir. Je me débrouillerai avec lui demain.

63

L'autre rabattit ses lunettes sur ses yeux.
— Comme vous voudrez. Après tout, c'est pas mes affaires.

Il démarra et disparut au coin de la rue. Les énormes roues soulevaient après elles des lambeaux de neige noircie qui collaient aux pneus. C'était la fin du jour, il tombait encore du ciel sombre des myriades de petits points blancs et glacés qui arrivaient toujours à se glisser dans les cols des manteaux. Célestin n'avait pas envie de retourner si vite près des aviateurs. Malgré toute l'amitié chaleureuse que lui témoignait Daviel, il ne pouvait s'empêcher de sentir l'esprit de corps qui imprégnait l'escadrille et rendait les pilotes un peu condescendants. C'était comme si, par une sorte de déformation professionnelle, ils ne pouvaient s'empêcher de regarder les fantassins de haut. Les rampants, comme avait dit le sergent. Il résolut de passer le temps qui lui restait avant son rendez-vous à visiter la petite ville en marchant au hasard des rues. Le gros de la bourrasque était passé, il ne faisait plus si froid. C'était aussi l'occasion de savoir où il en était dans cette enquête qu'il menait sur la pointe des pieds. Même si l'intervention de Vigneron le qualifiait officiellement pour ce travail, il rencontrait une mauvaise volonté manifeste des officiers de sa division, à commencer par le colonel Tessier. Il était clair que, si un trafic d'armes était avéré au sein du régiment, le colonel en pâtirait. Il avait tout intérêt, pour des motifs de carrière, à étouffer l'affaire. Quant au commandant Cholet, la guerre n'était pour lui qu'une succession de listes et de courriers, de signatures et de coups de tampon. Il prenait ses décisions au vu de statistiques, sans avoir la moindre idée des réalités humaines qu'elles recouvraient. Il était fort possible que l'ordre de transfert de la 27ᵉ compagnie n'ait rien à voir avec un supposé trafic. Le policier en venait à douter de son hypothèse. Pouyard avait peut-être simplement surpris une tentative de débarquement d'un détachement allemand et l'avait payé de sa vie. Quant aux traces laissées sur la rive du lac, elles pouvaient avoir été faites au cours d'une quelconque manœuvre d'une section française. Il arrivait devant la vitrine d'un coiffeur. Il ressortit le billet de sa poche et le relut. Ses quelques lignes constituaient désormais la seule certitude qu'il lui restait. De l'autre côté de la vitrine, un grand bonhomme lymphatique en blouse blanche terminait au rasoir la coupe de cheveux d'un brave bourgeois bavard qui pérorait sous sa serviette. À quarante kilomètres du front, la vie continuait, calme et tranquille, à peine dérangée par les allées et venues des uniformes qui créaient une animation inhabituelle mais, au fond, pas si désagréable. Célestin se souvenait des commentaires qu'il avait surpris lors de ses passages à Paris : « Les officiers savent se tenir, eux, mais tous ces soldats hirsutes qui nous arrivent des tranchées... Des brutes, il n'y a pas d'autre nom ! » Un fossé rempli d'amertume s'était creusé entre le pays et ses combattants. L'homme coiffé s'examinait dans un miroir que lui tendait le figaro. Célestin le laissa à sa satisfaction et reprit sa balade. Il arriva bientôt sur la place Saint-Pierre. Les vitraux de la basilique filtraient les lueurs tremblantes de quelques cierges, et le jeune homme crut entendre les échos d'un orgue. Il avait cessé de neiger, le quartier était paisible et comme engourdi. Célestin s'engagea dans une petite rue qui montait vers une autre place. Une masse énorme fondit brusquement sur lui dans un grondement infernal. Il eut tout juste le temps de se mettre à l'abri sur le seuil d'une échoppe fermée. Il vit passer devant lui, lancé à toute allure, un camion militaire. Il pensa aussitôt au camion d'armes qu'il avait croisé avec Béraud. Mais il n'avait pas vu le chauffeur, il ne pouvait pas avoir de certitude. Il ne pouvait pas être sûr non plus qu'on avait voulu le tuer. Il demeura ainsi un moment, collé à la porte contre laquelle il s'était réfugié. Une cloche sonna la demie de sept heures, il était temps d'aller à son rendez-vous. Il reprit prudemment sa route, collé aux murs, prêt à tout instant à se réfugier dans une encoignure. Une fois de plus, il regretta de n'être pas armé.

L'allée des Romains menait tout droit au parc des Thermes, un grand jardin que la nuit tombée avait englouti. On ne distinguait plus que les nappes grises vaguement phosphorescentes de la neige sur les pelouses. Après avoir vérifié vingt fois que personne ne le suivait, Célestin s'engagea dans une allée que bordaient deux rampes de pierre à moitié détruites. Ses pas s'enfonçaient dans le manteau blanc où peu de promeneurs avant lui s'étaient aventurés. Le billet ne précisait pas le lieu exact du rendez-vous, et le jardin était plus grand que le policier ne se l'était imaginé. Le ciel était noir, parfois un rideau de nuages se déchirait, laissant descendre une vague lueur qui permettait à l'enquêteur de se repérer. À cause du couvre-feu, toutes les habitations étaient éteintes. Un véhicule passait parfois dans la rue qui longeait le parc, et le passage de ses phares découpait à contre-jour la silhouette déchirante des arbres sans feuilles. Et puis le silence revenait. Célestin crut entendre une galopade sur sa gauche, il s'immobilisa, s'efforçant en vain de percer l'obscurité. Et puis il y eut un éclat bref, une flamme jaune suivie une fraction de seconde après du fracas de l'explosion. On avait tiré un coup de feu. Le jeune homme se précipita vers l'endroit d'où le coup était parti. Il trébucha sur une petite clôture qui bordait la pelouse, s'étala de tout son long dans la neige, se releva et se remit à courir. Il devina une silhouette qui s'enfuyait, elle disparut dans la profondeur du parc.

— Arrêtez-vous ! cria-t-il vainement.

Que pouvait-il, au demeurant, contre un homme armé et visiblement résolu à tirer ? Seulement, ce n'était pas sur lui qu'on avait tiré... Un gémissement attira son attention. Il se dirigea au jugé vers le blessé. Un boucan inattendu le fit se retourner : un phare unique, brinquebalant, fonçait sur lui à travers le jardin, traçant un double sillon plus sombre sur la neige des pelouses, arrachant les arceaux des bordures, illuminant au hasard les silhouettes implorantes des arbres nus, un bassin gelé, une statue indifférente... Au-dessus de la lumière zigzagante, il pouvait distinguer un visage monstrueux casqué de cuir. Après quelques secondes de terreur, il reconnut le side-car de Daviel. Dans un dernier dérapage acrobatique, l'aviateur fit glisser son engin à quelques mètres de Célestin, s'arrêta sans couper le moteur et courut vers le policier en sortant un revolver de la poche de son blouson.

— Louise, tu es blessé ?
— Non, pas moi.
— Qui a tiré ?
— Si je le savais... Viens, approche.

L'arme au poing, Daviel rejoignit le poilu. Le ralenti du moteur de l'Indian ponctuait la scène, et la lueur du phare, reflétée par l'écran de neige, projetait les ombres démesurées des deux hommes. Les plaintes du blessé s'étaient faites plus faibles. Ils le découvrirent adossé au tronc d'un saule, la main crispée sur la poitrine. Une tache de sang s'élargissait sur sa capote. Célestin reconnut l'aide de camp qui l'avait introduit à l'état-major de la division. Son visage blême portait déjà l'empreinte de la mort. Il leva vers Célestin un regard hébété et avança la main, comme pour l'agripper. Le policier s'agenouilla près de lui.

— Faut tenir le coup, bonhomme. On va te tirer de là... Est-ce que tu sais qui t'a aligné ?

D'instinct, Célestin avait retrouvé les mots familiers de la tranchée. L'autre fit « non » de la tête et ses lèvres se desserrèrent pour laisser passer un murmure inaudible.

— Tu veux me dire quelque chose ?

Le jeune homme acquiesça et répéta sa phrase. Célestin se pencha sur son visage, à le toucher. Il crut entendre :

— Paris... Saint-Roch...

— Saint-Roch ? L'église Saint-Roch à Paris ?

Une dernière plainte sortit de la gorge du moribond qui, les yeux grands ouverts, bascula soudain sur le côté.

— Il est passé, commenta sobrement Daviel.

[1] willow

CHAPITRE 4

Disparitions

Le temps de prévenir la gendarmerie et de faire les premières constatations, il était près de deux heures du matin quand Célestin se retrouva en compagnie de Daviel dans le petit baraquement qui faisait office de bar de l'escadrille. C'était une vaste pièce où quatre fenêtres reflétaient le noir de la nuit. Elle avait été curieusement tapissée de cartons qui étouffaient les paroles et donnaient l'illusion de protéger du froid. Une toile cirée blanche jonchée de fleurs mauves couvrait une longue table éclairée par une ampoule nue tandis qu'on devinait, au fond, un comptoir de bois et les reflets de la pauvre lumière sur un groupe de bouteilles d'alcool serrées les unes contre les autres et assiégées par une meute de petits verres de bistrot. Les deux soldats, assis l'un en face de l'autre, finissaient une bouteille de bourgogne, un vin riche et fleuri dont l'arôme de cassis et de violette leur restait longtemps en bouche.

— Mais où est-ce que tu mets les pieds, Louise ? Tu avoueras que, pour une enquête de routine, comme tu dis, c'est beaucoup d'émotions !

— Je n'y comprends rien... C'est comme si on me disait d'avancer sur un champ de mines.

Et brusquement il se remémora les absurdes ordres d'assaut vers des lignes fortifiées insuffisamment bombardées par une artillerie imprécise ou mal renseignée, il se rappela les hommes pâles de terreur ou ivres morts, tremblant au bas des échelles de tranchée tandis que les mitrailleuses allemandes au tac-tac-tac désespérant décimaient déjà les premiers sortis.

— Qui t'a chargé officiellement de cette mission ?
— Officiellement, le colonel Tessier. Mais j'ai l'impression qu'il y a été poussé par un général qui était là par hasard. Vigneron, ça te dit quelque chose ?
— Le général Vigneron n'est jamais là par hasard.

La voix qui sortait de l'obscurité était étonnamment jeune, et Célestin, en se retournant vers le nouveau venu, fut encore plus surpris en découvrant aux manches usées de sa tunique noire trois filets d'or ternis. Il se leva et salua.

— Mon capitaine !
— Rasseyez-vous, mon vieux.

Des doigts fermes se posèrent sur l'épaule du policier tandis que l'officier s'installait à la table et, sans plus de façon, se servait un verre de vin.

— Capitaine Gabriel Judice, se présenta-t-il avec un large sourire, un sourire juvénile qui le faisait ressembler à un collégien. Je suis le commandant de cette escadrille.

Il prit le temps de goûter le bourgogne, claqua la langue en connaisseur puis considéra Célestin.

— Alors, c'est vous, l'invité de Daviel ?
— Soldat Célestin Louise, 134e régiment…
— Ça va, je vois bien que vous arrivez du front.

En disant cela, sa voix avait pris des accents de douceur comme si, loin de s'exaspérer des imperfections de la tenue du fantassin, il n'y voyait que les traces de l'horreur des combats et du miracle de la survie dans les conditions effroyables des tranchées.

— Je vous disais que le général Vigneron sait toujours exactement ce qu'il fait.

— Est-ce vrai, ce qu'on raconte sur lui, qu'il est un des pontes du contre-espionnage ?

— Il se trouve que Vigneron est un ami de notre famille. Je ne suis pas supposé vous le dire, mais il est exact qu'il remplit de hautes fonctions dans les services de renseignements.

— Et pourquoi aurait-il tenu à ce que je m'occupe de cette affaire, en particulier ?

— Parce que tu es flic, intervint Daviel.

— Aussi parce que, si j'ai bien compris en surprenant vos dernières phrases, elle est assez tordue, ajouta Judice.

— Il y a eu un mort, et je soupçonne un trafic d'armes.

— De quelle ampleur ?

— Je n'en sais rien. Quoi qu'il en soit, si des armes sont passées à l'ennemi, cela n'a pu se faire qu'avec des complicités dans nos rangs.

— Et, vous en serez d'accord, pas seulement au niveau d'une section. Vous avez mis sans vous en douter le doigt sur une sacrée combine, un truc suffisamment énorme pour mettre la puce à l'oreille du contre-espionnage.

— Dans ce cas, pourquoi Vigneron ne m'a-t-il rien dit ?

— Les voies des officiers de renseignements sont impénétrables. Enfin, si j'étais vous, je ferais très attention.

— Mais je ne suis sûr de rien.

— Raison de plus.

Judice s'empara de la bouteille, vérifia qu'elle était vide, la reposa et sourit à Célestin.

— Bienvenue dans les locaux de l'escadrille. Daviel, tu sais où installer notre invité ?

— Il y a la chambre d'Herbillon.

Une ombre passa sur les deux visages, un hommage furtif à un compagnon disparu. L'officier se leva.

— Ce sera parfait. Nos baraquements sont un peu rudimentaires, mais nous serions malvenus de nous plaindre devant vous. Bonne nuit, soldat Louise.

Quelques instants plus tard, Célestin essayait de s'endormir dans le lit étroit d'une sorte de petite cellule surchauffée par un poêle dont le dessus de fonte était presque rouge. Tous les effets personnels du précédent occupant avaient disparu, mais on avait oublié, accrochée à la patère de la porte, une écharpe jaune qu'un léger courant d'air faisait doucement osciller. Le jeune policier s'endormit en rêvant qu'il s'envolait en side-car avec une jeune femme qui était tantôt Éliane et tantôt prenait les traits de Mélanie.

Le lendemain matin, le vent de nord-est avait chassé les nuages. Un soleil blanc enflammait l'herbe du terrain d'aviation de mille pointes de givre et le ciel d'un bleu franc augurait d'une belle journée. Depuis l'aube, une équipe de terrassiers s'était évertuée à déneiger la piste, les biplans avaient été sortis des hangars, le nez pointé vers l'azur, on allait voler ! Daviel, chargé d'une mission de reconnaissance au-delà du lac des Soyeux, emmènerait Célestin à bord de son Breguet XIV flambant neuf et le déposerait près de Chamblay. Le reste de l'escadrille partirait vers le nord, en protection d'un Morane-Saulnier piloté par Judice lui-même et dont le passager installé derrière lui était chargé d'un énorme appareil photographique. Les uns après les autres, les avions décollèrent et ne furent bientôt plus que des points dans le grand ciel, parfois disparaissant, parfois se rallumant quand le soleil venait frapper leurs ailes. Une dizaine de minutes après le décollage, Daviel se sépara des autres et mit le cap à l'est. Célestin goûtait à plein les sensations inhabituelles pour lui du vol, le fracas sidérant du moteur, le tourbillon de l'hélice, le vent qui venait lui glacer le visage et, malgré les lunettes, lui tirer des larmes de froid. Et, par-dessus tout, le sentiment paradoxal de toute puissance et d'extraordinaire fragilité. Ils dépassèrent rapidement Douviers, le policier reconnut les ateliers Phérin, puis la route qui montait vers la Brèche. Ils survolèrent la barre rocheuse et commencèrent à perdre de l'altitude en approchant des lignes françaises. Le policier avisa deux gendarmes à bicyclette qui descendaient vers le village en pédalant à toute force. Daviel vira sur l'aile pour une rapide reconnaissance et repéra, au sud du village, une vaste étendue herbeuse à peu près plane sur laquelle il se posa sans trop de mal. Les adieux des deux hommes furent brefs, Célestin ôta casque et lunettes qu'il abandonna dans l'habitacle et sauta à bas de l'appareil. Il fit ensuite pivoter le biplan face au vent, écouta le moteur qui s'emballait puis le regarda repartir et s'envoler au-dessus d'un petit bois. Daviel lui fit un dernier signe de la main. Louise s'engagea dans un chemin boueux qui remontait vers Chamblay. Il pensait traverser le village sans s'attarder,

73

pressé de retrouver Béraud et de décider avec lui de la conduite à tenir, mais quand il parvint devant l'église il tomba sur un attroupement bruyant. Le maire, un homme d'une soixantaine d'années portant besicles et barbiche, et qui n'avait jamais voulu quitter son pays, tentait de calmer le père Lepouy, le cantonnier. Celui-ci passait alternativement de l'abattement le plus profond à la folie furieuse sous les regards d'une quinzaine d'habitants dont une partie encourageait sa colère et l'autre essayait de l'apaiser. Le colosse avait le visage rougi de larmes que le froid faisait geler dans ses moustaches.

— On me l'a tuée ! On me l'a tuée ! hurlait Lepouy.

Petit Jacques, le bistrotier, et le vieux maréchal-ferrant peinaient à le retenir de faire on ne savait trop quelle folie, l'homme était hors de lui. Il finit par s'écrier dans une supplication rugissante :

— Rendez-moi ma fille ! Mélanie !!

Célestin se glissa près d'une vieille qui contemplait le spectacle en hochant la tête avec accablement.

— Qu'est-ce qui lui est arrivé, à sa fille ?

— Elle est pas rentrée hier soir de la fabrique. Le père a fini par s'inquiéter, il l'a cherchée toute la nuit et il l'a retrouvée au petit matin, allongée dans un fossé, juste à l'entrée de Chamblay.

Elle fit un geste du doigt en travers de sa gorge.

— On lui avait coupé le cou.

— Vous avez prévenu les gendarmes ?

— Oui, ils sont arrivés de Douviers, et ils ont demandé à ce qu'on emmène le père, il est devenu fou. Pauvre Amédée !

— On a une idée de ce qui s'est passé ?

— Pas vraiment. Mais à force de tourner la tête à tous les godelureaux, il y en a un qui aura pris la mouche.

— Les jeunes gens sont à la guerre, madame. D'après ce que j'en ai vu, il ne reste plus grand monde à Chamblay.

— C'est qu'elle aimait bien les soldats, aussi, et c'est pas ça qui manque par ici !

Disant cela, la villageoise toisait Célestin, attardant son regard sur les plaques de boue qui maculaient sa capote. Louise lui demanda seulement la direction du fossé et se hâta vers le lieu du crime. Les deux gendarmes étaient là, leurs vélos allongés dans la neige du bas-côté, à demi enfoncés dans le fossé, peinant à soulever le corps raidi de Mélanie. Alors que, dans un effort qui les fit crier, ils basculaient le cadavre sur la chaussée, Célestin aperçut la profonde blessure qui balafrait la gorge de la jeune femme, presque d'une oreille à l'autre. Un des pandores lança un regard mauvais au poilu.

— Qu'est-ce que vous foutez là ?

Le policier dut exhiber son laissez-passer sans, du reste, endiguer la méfiance des gendarmes. On le laissa quand même examiner le corps, il fallait attendre le juge d'instruction. Les choses avaient dû se passer très vite, il n'y avait pas eu de lutte, et Célestin imagina les gestes rapides et précis d'un tueur entraîné, d'un soldat habitué aux coups de main et à ce qu'on appelait par euphémisme le « nettoyage des tranchées ». Un coin de feuille blanche dépassait de la poche de la blouse de la jeune morte. Célestin retira le papier, c'était une courte note qui disait : « Si tu veux en savoir plus sur la mort de Blaise, viens ce soir, huit heures, à la Croix Blanche. » Le policier leva les yeux et vit, un peu au-dessus de lui, au carrefour de deux chemins, un vieux calvaire moussu rendu encore plus lugubre par le trait blanc de la neige qui s'était déposée sur le Christ grimaçant et tordu.

— Qu'est-ce que c'est que ce papier ?

Le brigadier, furieux, fonçait sur Célestin.

— Je l'ai trouvé dans sa blouse.

— Donnez-moi ça, c'est une pièce à conviction.

— C'est rien de le dire. Quelqu'un lui a donné rendez-vous ici. Elle est tombée dans un piège.

Les deux gendarmes se regardèrent, embarrassés. Le crime de rôdeur se transformait brutalement en une affaire de meurtre infiniment plus compliquée, avec des rapports, des enquêtes de voisinage, des témoignages...

— Et vous avez une idée pourquoi ?

Des idées, Célestin en avait plusieurs, mais il fit « non » de la tête et s'éloigna. Décidément, il y avait des gens prêts à tout pour brouiller les pistes. Il se souvint des paroles du capitaine Judice, au bar de l'escadrille : un truc énorme...

Flachon, dont le visage disparaissait à moitié dans un gros passe-montagne, avait déplié un vieil exemplaire du *Miroir* et faisait la lecture à Béraud et à Charbut, un professeur de géographie d'une trentaine d'années, originaire du Morvan, qui avait tenu à s'engager mais qui ne supportait pas le bruit des explosions et passait la moitié de son temps avec des morceaux de cire dans les oreilles. Affecté au 42e régiment d'infanterie, il avait vu son unité décimée, et les rescapés avaient été intégrés ici et là pour boucher les trous dans d'autres compagnies. C'était un grand type un peu timide qui semblait parfois dans la lune et qui trouvait toujours une remarque à faire sur le paysage, le vent, le relief ou la forme des nuages. Il avait été adopté immédiatement par la section, qui le considérait comme un bon camarade, « instructif, en plus », comme avait dit Fontaine.

— « Grâce aux différents masques expérimentés sur le front et qui ont fait leurs preuves, nos soldats ne redoutent plus les gaz asphyxiants. »

Flachon montra aux autres la photo sépia du journal où l'on voyait des soldats bien propres alignés derrière une mitrailleuse, le visage dissimulé par les masques blancs qui leur donnaient des têtes de fouine.

— Eh ben moi, la connerie des journaleux, je la redoute encore et je la redouterai toujours ! Et vous avez vu le titre : « Nos soldats se rient des gaz asphyxiants » !

— Ouais, c'est vrai que ça fait pas rire, commenta Peuch, laconique.

— Ils ont qu'à venir rigoler avec nous, ça leur fera de la distraction, et puis ils arrêteront d'écrire des craques.

— Mais c'est exprès, tout ça, intervint Béraud, c'est pour qu'ils se sentent bien, à l'arrière.

Flachon le regarda en plissant les yeux.

— T'as changé, toi. T'es comme une pucelle qu'aurait perdu sa fleur !

— Une pucelle ?!

Malgré le froid, le petit Germain était devenu tout rouge.

— Oh, ça va, monte pas sur tes grands canassons, y'a pas d'offense !

L'arrivée de Célestin mit fin à la dispute.

— Tiens, v'là la police nationale ! gouailla Flachon. Alors, c'est qui, le coupable ?

Célestin esquissa un sourire, jeta un coup d'œil au passage sur le numéro du *Miroir* et alla s'adosser à la paroi de la tranchée. La section était passée en deuxième ligne, moins exposée. Le soleil rasant entrait en oblique, dessinant au-dessus des casques l'ombre boursouflée des sacs de sable.

— Les nouvelles sont bonnes ?

— Rien de neuf, tout est vieux. Et toi ?

— Vous êtes au courant, pour le meurtre de la fille Lepouy ?

— Mélanie ?

De rouge, en une seconde, Béraud était devenu tout blanc.

— Qu'est-ce qui lui est arrivé ?

En quelques mots, Célestin le mit au courant. Béraud eut un cri du cœur :

— Et Marie-Laurence ?

— Elle n'était pas avec elle.

Les autres avaient écouté leur dialogue, pour eux passablement obscur.

— Et pourquoi qu'on l'a estourbie, cette pauvre môme ? demanda Flachon.

— Pour la même raison qu'on a tué Blaise Pouyard, son amant. Des fois qu'il lui aurait dit des choses sur ce qu'il savait... Allez, viens, Béraud, on va retourner sur le lieu du crime, je voudrais vérifier quelque chose.

Les deux hommes passèrent avertir le lieutenant Doussac qu'ils remontaient en première ligne inspecter les berges du lac.

— Vous avez du nouveau ? s'enquit l'officier.

— Je ne pourrais même pas vous dire oui ou non. C'est comme si, dans cette affaire, les choses se dérobaient devant moi au fur et à mesure que j'avance. Ce que je sais, c'est que mon enquête dérange des gens qui, d'une part, sont bien renseignés et, d'autre part, n'ont aucun scrupule.

— Je peux vous aider ?

— Je vous remercie, mon lieutenant, mais je ne vois pas comment.

Il salua puis remonta vers les tranchées de première ligne par le boyau d'accès, emmenant Béraud qui le bombardait de questions.

Le mot de passe qui leur servit à franchir la première ligne était « paillasse », qui, dans l'esprit de l'officier qui l'avait choisi, désignait un mauvais lit. Mais Célestin savait que Paillasse était aussi un clown, il avait nourri à l'adolescence une grande admiration pour le cirque, il aurait aimé alors posséder le talent d'un bateleur, l'habileté d'un jongleur, la souplesse d'un acrobate. Mais il n'avait aucune aptitude particulière et pas assez de passion, ou pas assez de courage pour tout quitter et suivre les forains qu'il se contentait d'aider, parfois, à monter leur chapiteau sur un terrain vague des fortifs. Et puis ce monde-là le dérangeait plus qu'il ne voulait bien se l'avouer, les filles étaient trop belles et les hommes avaient au fond des yeux une lueur de sauvagerie qui le mettait mal à l'aise. N'importe, à chaque fois qu'il lançait le nom de « paillasse » à la tête d'une sentinelle, il avait envie de rire. Béraud le suivait comme son ombre. Il avait dû raconter au jeune homme son expédition à Luxeuil, la visite décevante au commandant Cholet, le camion qui avait failli l'écraser, le meurtre de l'aide de camp et le retour en avion.

— Ça doit être bath d'être en l'air, s'extasia le petit Germain.

— À ton avis, bonhomme, ça veut dire quoi, Saint-Roch ? Ce sont les derniers mots du jeune officier, dans le parc de Luxeuil. Saint-Roch, Paris...

— C'est l'église ou c'est la rue. Rue Saint-Roch, 1er arrondissement, j'ai travaillé là-bas, au numéro 14, dans une fabrique de cintres.

— T'as travaillé, toi ?

— Oui, j'ai gagné ma vie honnêtement, parole d'honneur. Mais à vrai dire, pas longtemps. C'est que, faut voir, une boîte de cintres, c'est à devenir cintré !

Les deux hommes étaient arrivés près du lac, à couvert derrière un bosquet chétif tout juste capable de porter son poids de neige. À travers les maigres branchages, ils apercevaient la surface bleu marine du lac que venait parcourir, de temps en temps, l'ovale noir de l'ombre d'un nuage. Courbés, se faisant le plus petits possible, ils avancèrent jusqu'à la rive. Brusquement, Célestin s'immobilisa.

— C'est plus la peine de rester ici, Béraud, on va remonter.

— Pourquoi ? Qu'est-ce qui s'est passé ?

— Regarde toi-même.

Béraud ouvrit de grands yeux en découvrant toute une suite de cratères provoqués par le dernier bombardement. Toutes les traces subsistant sur le chemin qui menait à l'eau s'étaient volatilisées, il n'y avait d'ailleurs plus de chemin, rien qu'une suite de monticules et d'entonnoirs de terre gelée.

— Tu te souviens, Louis XVI, quand il a dit que

les Boches tiraient trop court... Peut-être bien qu'ils faisaient exprès !

— C'est plus fort que de jouer au bouchon... Alors, il n'y a plus de traces de rien du tout ?

Célestin se contenta de soupirer et regarda la terre éventrée et les taillis, qui jusque-là avaient été préservés, déchiquetés.

— Qu'est-ce qu'on va faire ?

— D'abord notre rapport à Tessier. Il nous lâchera pas, celui-là. Que Vigneron nous ait confié cette enquête, ça lui reste en travers.

— Et après ?

— Après ? On va continuer. Il y a une bande de salauds qui n'a pas envie de laisser des traces derrière elle, mais on va quand même leur coller au cul.

— Tout de même... Trafiquer des armes avec les Boches...

— Qu'est-ce que tu crois, bonhomme ? Pendant la guerre, les affaires continuent !

Le colonel Tessier regardait avec ennui les deux poilus debout devant lui. Il semblait particulièrement consterné de voir à leurs pieds s'agrandir des flaques de neige fondue qui venaient souiller son tapis. Et puis il avait faim.

— Vous suggérez donc que l'artillerie ennemie s'amuse à détruire de soi-disant indices d'un trafic dont, jusqu'à présent, je vous le rappelle, Louise, vous êtes le seul à être convaincu ?

— Mais on a bien trouvé un nouveau modèle de fusil-mitrailleur au cours d'un coup de main en face...

Tessier prit un air excédé et, d'un grand geste théâtral, ouvrit un placard. Il en tira un étui de cuir.

— Regardez bien ceci.

L'officier avait sorti de l'étui un pistolet à la forme très reconnaissable, et dont la crosse était protégée par du bois verni. Il le posa bien en évidence sur son bureau.

— Voici un Mauser 7.65, modèle M1914. C'est une arme allemande, et je l'ai en ma possession. Cela s'appelle une prise de guerre, messieurs, et je n'ai pas eu besoin de faire un quelconque trafic pour me la procurer. J'imagine qu'il en va de même, malheureusement, pour ce fusil dont vous parlez.

— Et cette pauvre fille qui a été assassinée, Mélanie Lepouy ?

— Ce n'est pas notre affaire. Les gendarmes s'occuperont de cette sordide histoire qui a sans doute plus à voir avec les frasques d'une jeune délurée qu'avec la guerre.

— Mais c'était justement la fiancée de Blaise Pouyard.

— Et alors ?

— On lui a donné rendez-vous sur le lieu du crime.

— Encore une fois, et alors ? Vous a-t-elle fait des révélations extraordinaires ? Pas que je sache. En outre, Louise, vous deviez rentrer hier soir. Vous avez enfreint mes ordres. Nous sommes en guerre, nom de Dieu, et vous êtes un soldat !

Le colonel avait presque hurlé ces derniers mots, il tremblait de rage derrière son impeccable moustache, il frappa du poing sur la table.

— Vous n'avez rien trouvé, rien qui justifie la poursuite de cette enquête. Vous allez donc réintégrer votre unité et je ne veux plus entendre parler de trafic ou de je ne sais quoi !

— Vous me permettrez quand même de faire mon rapport au général Vigneron ?

— Soit, si vous y tenez. Mais je veux le lire avant que vous le lui transmettiez, c'est entendu ?

— C'est entendu, mon colonel.

Les deux soldats saluèrent et quittèrent la pièce. Le colonel s'avança jusqu'à la fenêtre et les regarda partir. Le soleil rasant allongeait leurs deux ombres dans l'allée du jardin et sur la pelouse enneigée.

— Alors, c'est fini ? demanda le petit Béraud.

— Est-ce qu'on a trouvé le meurtrier de Blaise Pouyard ?

— Non, mais si c'est un Boche...

— Tant qu'on n'est pas sûrs, l'enquête continue.

Le visage de Germain s'illumina.

— Mais le colonel n'a pas l'air de penser la même chose...

— On a toujours nos laissez-passer, non ? Eh ben tu peux me croire qu'on va s'en servir.

— Pour aller où ?

— Tu verras bien. Tiens, c'est pas ta copine ?

Emmitouflée dans un gros manteau, les joues rougies par le froid, Marie-Laurence Floche venait vers eux, les yeux dans le vague, les bras serrés comme si elle avait voulu s'enlacer elle-même. Elle les reconnut alors qu'ils n'étaient plus qu'à quelques mètres d'elle, elle eut un geste de recul.

— On vous fait peur ? demanda Célestin.

La jeune femme resta silencieuse, une grimace de dégoût déformait son visage. Béraud, timidement, s'avança.

— On est désolés pour Mélanie.

— Désolés ? Merci du peu ! C'est vous qui lui avez porté la poisse ! C'est à cause de vous qu'elle est morte !

— Au contraire, mademoiselle, nous cherchons à démasquer les gens qui l'ont tuée. Faites-nous confiance.

— Ah oui, ça, pour avoir confiance, j'ai confiance ! J'ai confiance que c'est moi qui vais y passer, maintenant, y'a pas de raison !

— Non, on ne vous fera rien, j'en suis certain.

— Mais qu'est-ce que vous en savez ? Allez, laissez-moi !

Les bousculant presque, elle s'engagea sur un petit chemin qui menait à une masure dont la cheminée fumait, laissant pousser une mince tige de fumée blanche dans le bleu du ciel. Penaud, Germain la suivit des yeux jusqu'à ce qu'elle ait disparu dans la maison.

— Vous croyez qu'elle a raison ?

— J'en sais plus rien, bonhomme, j'en sais plus rien.

Un coup de vent encore plus froid les fit frissonner. Une chape de lassitude tomba sur les épaules du policier. Le soleil jaune pâle creusait des ombres sinistres sur le paysage dévasté. Aux croassements railleurs des corbeaux vint répondre le grondement sourd d'une salve d'artillerie. À quoi bon courir après une bande de criminels juste un peu plus sordides que les autres ? À quoi bon tenter de s'échapper de la guerre en prétendant y faire régner un ordre, une loi, que le monde déchiré foulait aux pieds ? Est-ce que tout n'était pas bien comme ça, les hommes à se battre et les femmes à mourir ?

— Monsieur... Vous pensez à quoi ?

Célestin se tourna vers son compagnon, il revit le petit pickpocket que les années de guerre avaient endurci, le titi parisien qu'il avait arrêté plusieurs fois : lui, au moins, avait trouvé sous l'uniforme la fin possible de ses dérives. Et surtout, il s'était pris d'amitié pour lui.

— Je pensais... Je me disais qu'ils ne vont pas s'en tirer comme ça. Et puis faut plus m'appeler « monsieur ».

— Mais... vous êtes quand même un inspecteur de police.

— Non, bonhomme, ici, je suis comme toi, un troufion, un de ces pauvres types qui défendent le pays et qui comprennent de moins en moins ce qui leur arrive. Appelle-moi Célestin, c'est mon nom.

— J'y arriverai pas.

— T'as déjà fait des trucs plus difficiles.

L'autre fit une drôle de petite grimace.

— Bon... Célestin... Non, vrai de vrai, ça me fait bizarre. Je préfère « monsieur » si ça vous dérange pas.

— Bon, comme tu voudras. Allez, viens, on rentre à la section.

Germain jeta encore un regard vers la ferme misérable de Marie-Laurence. Mais rien ne bougea. Au loin, un chien se mit à hurler à la mort. Béraud fit quelques pas en trottinant pour rattraper Louise qui se dirigeait vers l'église.

— Elle nous en veut, Marie-Laurence.

— Raison de plus pour savoir ce qui s'est passé ici. Après, elle te sautera au cou, tu verras.

— Je demande pas ça, juste qu'elle garde pas un trop mauvais souvenir.

Et, tout en marchant aux côtés du policier, il se retourna une dernière fois. De la chaumine, masquée par un talus neigeux, on ne voyait plus que le filet de fumée montant vers le ciel.

CHAPITRE 5

L'eau noire

Comme ils arrivaient au centre du village, les deux poilus aperçurent les gendarmes qui sortaient d'une maison à la porte si basse qu'ils devaient presque se courber en deux pour la passer sans se cogner la tête. Le brigadier leur jeta un regard et s'éloigna sans rien dire.

— D'où ce qu'ils sortent, ceux-là ? demanda Béraud.

— Justement, je me demande… Viens !

Il entraîna Germain jusqu'à la maison. En face, un atelier avait été détruit par un obus, la charpente calcinée lançait ses poutres noires vers le ciel de plomb, imprécation muette et vaine contre les dieux de la guerre. Célestin frappa à la porte quelques coups discrets d'abord, plus sonores ensuite, sans obtenir de réponse. Les deux soldats se regardèrent, hésitant. Une rafale de vent arracha d'un pan de mur un nuage de poudre blanche.

— Qui habite ici ? interrogea le petit Béraud.

— Je pense que c'est la maison de Mélanie. Mais bon, tant pis…

Ils allaient repartir quand un hurlement les arrêta. Quelqu'un gueulait à l'intérieur, sans qu'ils puissent être certains qu'il s'adressait à eux. Célestin colla son oreille à la porte.

— Ouais, ouais, criait l'homme, qu'est-ce que vous voulez encore ?

Le policier entrouvrit et passa la tête. Dans une salle basse de plafond où un lit défait jouxtait une table boiteuse et une caisse sur laquelle trônait un seau d'eau sale, le père Lepouy était affalé sur sa chaise, les yeux fixés sur une bouteille de vin presque vide et un verre. Sa silhouette massive projetait son ombre sur la toile cirée, ses mains tremblaient.

— Monsieur Lepouy ?

Mais l'autre, comme anéanti par ses vociférations, restait silencieux. Célestin fit un pas dans la pièce, suivi par Béraud qui restait prudemment en retrait.

— Y'a un truc que je vous ai pas dit, marmonna le cantonnier. Un truc qui vient de me revenir.

Il leva les yeux vers Célestin, faillit faire une remarque puis continua, comme si, gendarmes ou soldats, il se contrefichait de savoir à qui il parlait.

— Un truc qu'elle a rangé dans l'armoire…

Il s'arracha à la chaise qui semblait à peine pouvoir le supporter et fit quelques pas avec une lenteur d'ours. Une vieille armoire, noire de fumée, occupait tout un mur. Lepouy tourna la grosse clef, le battant s'ouvrit en grinçant. Ses mains énormes, malhabiles aux tâches ménagères, dégagèrent une étagère au fond de laquelle il attrapa un petit objet noir qu'un instant Célestin prit pour un revolver. Mais déjà, le cantonnier s'était retourné et posait sur la table un petit appareil de photographie instantanée, un de ces Vestpockets Kodak qui faisaient partie de certains paquetages.

— Voilà ce qu'elle a laissé.

87

Comme vidé par l'effort qu'il venait de faire, Lepouy se laissa retomber sur sa chaise. Célestin s'avança et prit le petit appareil.

— C'était à Mélanie ?

— Un cadeau de son soldat, celui qui s'est fait tuer près du lac.

— Blaise Pouyard ?

— Oui, Blaise, le pauvre Blaise, le salaud de Blaise... Sans lui, rien ne serait arrivé à ma fille !

Célestin manipulait le petit Kodak et se rendit compte qu'il résistait au rembobinage.

— Il y a une pellicule à l'intérieur.

— C'est bien possible. Elle s'était entichée de ce machin-là, elle prenait des photos de tout et de n'importe quoi... Et surtout de son jules ! Bon Dieu de bon Dieu, c'est quand même pas juste ! Vous qu'avez l'air de tout savoir, expliquez-moi donc pourquoi qu'elle est morte ! Hein ? ? Vous pouvez me le dire ?

D'un revers de la main, il balaya la bouteille et le verre qui allèrent exploser contre le mur. Il y eut un moment de silence, les deux poilus restaient pétrifiés. Lepouy se leva d'un bloc, les deux poings posés sur la table, le visage lancé en avant, l'œil mauvais. À demi éclairé par une lampe à pétrole dont la flamme vacillait, il semblait gigantesque, terrifiant, comme un ogre de légende. Et puis il retomba brutalement, manqua la chaise et s'affala par terre. Comme il ne bougeait plus, Célestin et Béraud s'approchèrent, le petit Germain s'enhardit à le secouer.

— Hé... Monsieur Lepouy...

— Il dort. Il s'est abruti de son vin. Laisse-le donc.

Célestin mit l'appareil de photo dans sa poche, éteignit la lampe à pétrole et sortit.

Il devenait de plus en plus difficile d'avancer dans les boyaux d'accès. Le sol s'était verglacé, les flaques de boue avaient durci et même les parois gelées étaient devenues trop glissantes pour prendre appui dessus. Les deux poilus tombaient plus qu'ils ne marchaient. Enfin, ils entendirent la quincaille de Médole qui venait vers eux. Sans doute le cuistot avait-il plus l'habitude de ces trajets harassants, car il se mouvait sans heurt, entouré de ses bidons sonores qui lui faisaient comme des bouées de sauvetage.

— Vous arrivez trop tard pour la boustifaille ! Mais j'ai dit à Flachon de vous garder une boîte de singe avec une boule de pain. Et le café était chaud !

— Merci, le gros.

— Et je serais vous, je me dépêcherais de prendre des forces. J'ai entendu dire qu'ils mijotent une attaque de nuit avec une partie de votre compagnie.

— Une attaque ?

— Ouais, en passant par le lac.

— On n'est pas de la marine ! T'es pas bien, toi !

— Ah, j'en sais rien, mais ce que je peux te dire, c'est que j'ai vu passer deux camions du génie remplis de barcasses. À mon avis, c'est pas pour faire du canotage avec ces dames, et d'ailleurs c'est pas la saison. Maintenant écartez-vous, je passe !

Louise et Béraud le regardèrent disparaître à l'angle du boyau, il ne restait plus que le carillon triste de ses gamelles qui s'éteignit rapidement.

— C'est peut-être pas le moment de rentrer à la section, souffla Béraud.

— T'as les chocottes ?

— C'est pas ça, mais c'est rapport à l'enquête. Si on se fait coincer dans leurs fameux mouvements stratégiques, on va avoir du mal à se tirer de là. À supposer d'abord qu'on reste vivants.

Ils avaient repris leur progression malaisée vers la deuxième ligne.

— Te bile pas, c'est sans doute qu'une rumeur de cuistot, tu sais ce que ça vaut. Mais s'il dit vrai, Louis XVI, ça te frappe pas, toi, cette décision bizarre juste maintenant ?

Il y avait bien eu des coups de main nocturnes, deux ou trois gars bien chauffés qui suivaient la berge, contournaient le lac et zigouillaient une ou deux sentinelles, balançaient quelques grenades et rentraient en vitesse, en se planquant dans les roseaux dès que les Boches envoyaient les fusées éclairantes. Mais une attaque en masse, c'était une autre paire de manches. La rumeur, d'évidence, avait fait le tour de la troupe. Quand Célestin et Béraud rejoignirent leur section, Flachon, plus emmitouflé et plus ronchon que jamais, était à deux doigts de prêcher la désertion à ses camarades.

— Mais toi, Peuch, tu t'en fous, d'ailleurs, tu t'en fous de tout ! Tu parles d'un lascar !

Charbut, lui, n'y croyait pas. Pour la trentième fois de la journée, il essuya ses petites lunettes cerclées de fer, les remit sur son nez et renifla.

— Stratégiquement, cela n'a aucun intérêt ! ne cessait-il de répéter.

— Et quand ils nous envoient cueillir au vol les balles de mitrailleuses, tu m'expliques la stratégie ? Crois-moi, manche à couilles, ils en sont pas à une connerie près, nos grands généraux !

Deux autres poilus qui venaient de rejoindre la section, Penvern, un Breton taiseux, et Martissan, un gars du Sud-Ouest à l'accent rocailleux, montaient une garde relâchée à l'entrée du boyau d'accès. Ils n'étaient même plus sûrs du mot de passe qu'ils essayaient de se rappeler. Célestin s'appuya à un rondin d'étaiement et réclama sa part de café. Charbut lui tendit une gourde, Louise et Béraud se servirent, c'était froid. À l'entrée d'un abri individuel, un brasero de fortune donnait plus de fumée que de chaleur.

— C'est pas qu'il fonctionne mal, mais c'est rapport au bois sec. Pour en trouver par ici, c'est peau de balle ! s'excusa Flachon, avant de reprendre sa diatribe contre les ordres insensés qui condamnaient à mort plus sûrement que le conseil de guerre.

Comme pour lui donner raison, le lieutenant Doussac les rejoignit, le visage sombre, un pli officiel à la main. Il avait mis son casque et le courant d'air glacé qui courait dans la tranchée relevait le bas de sa capote réglementaire. De toute la section, il était le seul à se contenter strictement de l'uniforme fourni par l'armée, n'y rajoutant pas même un foulard. Sa seule fantaisie consistait, les jours d'hiver, à mettre des gants de cuir qui lui venaient de sa famille. Il s'immobilisa, considérant ses hommes sans dire un mot. Flachon, comme à son habitude, rompit le silence.

— C'est-y vrai, mon lieutenant, qu'on va nous embarquer sur des canots ?

Doussac hocha la tête.

— Les hommes du génie amèneront les barques à minuit pile. Nous les rejoindrons sur place, avec les munitions et l'armement d'assaut.

— Pour faire quoi, mon lieutenant ? Pour tirer sur les poissons ?

— On a une chance, c'est que ceux d'en face ne

vont pas se méfier. Ils n'imagineront jamais qu'on vienne par le lac, sans essayer de le contourner.

— Ça, pour imaginer ce genre de cirque, faut au moins avoir quatre étoiles !

Doussac esquissa un vague sourire. Il connaissait bien sa section, il savait que ses soldats pesteraient mais qu'au moment de l'action aucun d'entre eux ne se déroberait. Il savait aussi que cette nuit-là, ils allaient devoir prendre des risques invraisemblables. Célestin secoua les dernières gouttes de café de son gobelet et se mit à se rouler une cigarette.

— Sans indiscrétion, mon lieutenant, ça vient de qui, cette brillante idée ?

— De l'état-major.

— La lettre que vous avez là, qui est-ce qui l'a signée ?

— Le colonel Tessier, comme d'habitude.

— Alors, c'est peut-être son initiative ?

— Notre colonel est un homme prudent, je le vois mal décider d'une offensive sans l'aval de sa hiérarchie.

— Oui, vous avez sans doute raison...

Louise alluma sa cigarette. C'était la fin de son paquet de tabac, il partait en miettes et des brins secs et piquants se collèrent à sa langue. Il se pencha vers le petit Germain.

— Glisse-toi en première ligne et pousse jusqu'au secteur des Berdins. C'est la 5e compagnie qui tient le coin, dis que tu dois les rejoindre.

— Mais c'est beaucoup plus loin que le lac.

— Je sais. Arrange-toi pour récupérer leur mot de passe.

Le lieutenant le prit à part et lui confia un autre pli qui venait lui aussi de l'état-major de Luxeuil.

— C'est arrivé tout à l'heure. C'est pour vous.

Célestin prit le message et le décacheta, sous l'œil curieux de Béraud.

— Tu vois, bonhomme, faut pas dire trop de mal des ronds-de-cuir, des fois, ils peuvent être efficaces.

— Qu'est-ce que c'est ?

— L'affectation de Lannoy, l'artilleur cocu.

— C'est loin ?

— Au cul du monde !

Doussac s'était reculé. Il eut un sourire encourageant pour ses hommes.

— Messieurs, je compte sur vous.

Flachon fit mine de consulter une montre gousset qu'il n'avait jamais eue.

— Il est jamais que deux heures. Ça nous laisse tout l'après-midi pour apprendre à nager !

À onze heures trente, quatre sections de la 22e compagnie, passées en première ligne, se glissèrent par-dessus les sacs de sable et les hommes suivirent l'un derrière l'autre le passage étroit ménagé dans les fils barbelés. Un chétif croissant de lune, souvent voilé de nuages, donnait tout juste assez de lueur pour qu'ils se repèrent jusqu'à l'eau. Le capitaine Philipon avait été désigné pour commander l'opération. Les soldats l'aimaient bien, à plusieurs reprises il avait pris leur défense devant des ordres insensés. Cette fois, il n'avait fait aucun commentaire. Dans la presque obscurité, il donnait ses directives à voix basse. Les quatre sections s'étaient reformées sur la rive du lac où un lieutenant du génie les attendait. Les huit barques d'assaut étaient alignées comme de gros scarabées, les proues trempant déjà dans l'eau. En quelques minutes et dans le plus grand silence, hommes, équipement, armes et munitions furent embarqués. Les poilus essayaient de ne pas se tremper les pieds, mais la plupart d'entre eux avaient les godillots pleins de flotte quand les barques s'élancèrent sur l'eau noire. Dans chaque canot, deux hommes pagayaient. Les barques laissaient derrière elles un fin sillage, comme un trait vite effacé. Quand ils arrivèrent au milieu du lac, des nappes de brume vinrent les envelopper, les séparant les uns des autres. Seuls des sifflements discrets les assuraient de la présence du groupe. Entre la brume et l'eau qui ne reflétait que le ciel noir, ils n'étaient plus nulle part. Célestin avait pris soin de prendre place à bord de l'embarcation située plus au nord, du côté où la berge tombait presque à pic dans le lac. Près de lui, Béraud n'en menait pas large.

— Je sais pas nager, Monsieur.

— C'est pas grave, on apprend vite.

— Qu'est-ce qu'on fait, si on arrive en face ?

— Tu as entendu les ordres : on balance nos grenades et on rentre.

— Ça va pas se passer aussi simplement ?

— Non.

— Vous savez quelque chose ?

— Une seule chose : c'est que quelqu'un, à l'état-major, veut se débarrasser de nous, et qu'il est prêt à sacrifier quatre sections pour ça.

— Vous croyez que c'est Tessier ?

— C'est possible. Écoute-moi, j'ai mis nos laissez-passer dans une pochette imperméable. Si on s'en sort, on fout le camp loin d'ici, et le plus vite possible.

— On sera portés déserteurs…

— Ou disparus.

Béraud hocha la tête, impressionné par la détermination de Louise.

— Et qu'est-ce qu'on fera, après ?

— On n'aura plus le choix, peau de zigue : il faudra trouver qui est derrière tout ça, et s'arranger pour les démasquer.

Béraud toucha machinalement du bout du doigt la médaille du Sacré Cœur qu'il avait accrochée à sa veste.

— T'es toujours partant ? demanda Célestin qui avait surpris son geste.

— Bien sûr, murmura Béraud, du bout de ses lèvres gercées.

Au même moment, un souffle de vent glacé descendu des collines arracha les voiles de brume, nettoyant le ciel. Ce qu'il restait de lune vint éclairer les petits bateaux, réveillant ça et là le reflet d'acier d'un fusil ou d'un casque. D'une embarcation à l'autre, les hommes se regardèrent et se trouvèrent bien démunis. Ils n'étaient plus qu'à une trentaine de mètres de la rive allemande. Les officiers exhortaient en silence les poilus à pagayer encore plus vite. Près de lui, Célestin pouvait voir Charbut s'acharner sur sa rame, et des gouttes de sueur lui glissaient le long des joues, malgré le froid. Et soudain, ce fut l'apocalypse. Trois fusées éclairantes les inondèrent de lumière blanche. Aveuglés, terrifiés, les hommes cessèrent de pagayer. Suspendues entre le ciel et l'eau, les barques filaient encore sur leur erre.

— En arrière, toute ! hurla Philipon, on rentre !

Les hommes aux avirons entamèrent des virements de bord maladroits, encouragés par leurs camarades. Et puis ce fut l'enfer. Deux mitrailleuses se mirent à croiser leurs tirs, faisant éclater des gerbes d'eau qui scintillaient sous les fusées, perforant les coques, transperçant les poitrines, les bras et les cous, arrachant des visages. Des coups de feu plus précis décimaient ceux qui s'étaient jetés à l'eau, pensant trouver un abri derrière les coques. Déjà, deux barques coulaient, des hommes hurlaient de douleur, de terreur et de froid. Dès le premier éclat de fusée, Célestin, comme s'il s'y était attendu, avait pris la direction des opérations sur sa barque.

— À droite, nom de Dieu, virez sur la droite, il faut sortir de ce feu d'artifice !

Avec la crosse de son fusil, il se mit lui aussi à pagayer, imité par Béraud. Près d'eux, touché en plein front, un tout jeune soldat bascula par-dessus bord, manquant faire chavirer le canot et coula aussitôt. Les fusées retombaient avec une lenteur désespérante, mais le halo lumineux se réduisait quand même. Célestin gardait les yeux fixés sur cette frontière entre le noir et le blanc, entre la mort et une possible chance de survie.

— Plus que vingt mètres, murmurait-il, les dents serrées, plus que quinze, plus que dix...

Juste au moment où ils allaient enfin sortir de l'enfer, un obusier se mit de la partie, ouvrant tout autour d'eux de gigantesques cratères liquides qui retombaient en pluie glacée sur leurs têtes, inondant les bateaux que les soldats paniqués tentaient de vider avec leurs casques. Et puis un tir plus ajusté souleva la barque, hommes et armement furent précipités à l'eau. La capote épaisse et l'uniforme de gros drap différèrent un court instant le contact de l'eau glacée.

— Monsieur Louise !... Au secours !

C'était la voix du petit Béraud qui s'élevait au milieu des cris, des jurons, des plaintes. Célestin s'était cramponné à la planche qui faisait office de siège, et qui s'était désolidarisée de la coque au moment du naufrage. Il battit des pieds et, au milieu des débris qui coulaient déjà, rattrapa Germain qui se noyait. Le petit poilu était à bout de souffle, les yeux exorbités, fou de terreur.

— Je sais pas nager, monsieur ! Je vais me noyer !
— Dis pas de conneries… Tiens, accroche-toi avec moi…

Se rattrapant à cette pauvre planche de salut, Béraud étreignit à son tour le morceau de bois. Louise se rendit compte que la traverse n'était pas suffisante pour les maintenir à flot tous les deux. Par chance, une caisse de grenades qui s'était vidée dans le choc flottait à quelques brasses de là. Célestin la rattrapa. Du coin de l'œil, il aperçut Flachon, Doussac et Charbut qui luttaient pour empêcher la barque chavirée de sombrer complètement. Dans un effort surhumain, ils la firent basculer du bon côté, Doussac se hissa à l'intérieur et se mit à écoper comme un fou.

— Hé ! Louise ! hurla Flachon. On va s'en sortir !
— Pas nous, mon vieux, on s'est noyés !
— Qu'est-ce que tu dégoises ?
— Je dis qu'on s'est noyés !

La brume vint à nouveau les séparer, étouffant les cris, et faisant disparaître au regard de Célestin les scènes atroces de noyade et de massacre. En quelques secondes, il se retrouva seul avec Béraud, tous deux accrochés à leurs bouées de fortune, nageant comme ils le pouvaient en direction de la berge nord. L'eau froide les engourdissait, leurs mouvements devenaient de plus en plus difficiles, mais ils continuaient d'avancer dans le noir, mus par le seul désir de survivre, de s'en tirer une fois encore. Sentant que son compagnon faiblissait, le policier se mit à chanter la rengaine des poilus que la France entière fredonnait depuis le début de la guerre :

— *Si tu veux faire mon bonheur, Marguerite, Marguerite...*

— *Si tu veux faire mon bonheur, Marguerite, donne-moi ton cœur !* reprit Béraud, en hoquetant.

Dix fois, vingt fois, cent fois, ils reprirent cette scie qui rythmait leurs efforts désespérés. Et puis, disparaissant comme elle était venue, la brume leur dévoila la rive, soudain toute proche. C'était une paroi rocheuse qui se découpait, noire sur le ciel noir, avec à son sommet une frange de lune blanche.

— On y est, bonhomme, encore un dernier effort !

Une minute plus tard, les deux soldats agrippaient leurs doigts gourds aux roches, cherchant une aspérité, une racine, une faille qui leur permettrait de se hisser hors de l'eau. Une première fois, Béraud tenta de s'arracher au lac, s'écorchant les mains aux pierres coupantes, mais il retomba et Célestin fut obligé de le repêcher et de le recoller à la paroi qui semblait de plus en plus haute, de plus en plus abrupte.

— Merde ! On va quand même pas crever ici ! s'énerva Louise.

Derrière eux, le fracas mortel des mitrailleuses avait cessé, en même temps que s'éteignaient les fusées éclairantes. Mais les obus continuaient à tomber, et les coups de fusil à crépiter, tirés au hasard mais dont certains faisaient mouche. De temps en temps, portés par la surface sombre, leur arrivaient des cris d'agonie ou les hurlements désespérés de soldats à bout de force, incapables de se débattre plus longtemps dans l'eau glacée.

— Par ici, monsieur, il y a comme une plate-forme juste au-dessus...

À tâtons, ils découvrirent, à une cinquantaine de centimètres au-dessus du lac, un petit espace dégagé et plat, suffisant pour qu'ils pussent y tenir tous les deux. Dans un ultime effort désespéré, Béraud se hissa sur le replat, y passant d'abord sa tête et ses épaules, reprenant haleine, puis se laissant rouler à bout de force contre la paroi. À demi inconscient, il n'eut même pas le réflexe d'aider Célestin qui le rejoignit. Ils restèrent ainsi un long moment, transis, exténués, hébétés de fatigue. L'eau qui coulait de leurs uniformes trempés forma rapidement une flaque, une pataugeoire nauséabonde dans laquelle ils se seraient bien laissés couler. On approchait des heures les plus froides de la nuit.

— Il faut pas rester là, Béraud. On va s'endormir et on se réveillera plus.

— Juste un peu... Juste le temps de fermer les yeux...

— Et tu les rouvriras jamais plus. Allez, viens, il y a un passage, un couloir de remontée, on va pouvoir se tirer d'ici.

Célestin secouait son compagnon qui finit par se redresser et s'adosser à la roche. Il avait le souffle court, il tremblait d'épuisement. Louise lui tendit une flasque d'alcool, de l'eau de vie que le fourrier leur avait distribuée avant l'attaque. Béraud y but avidement, la vidant presque.

— Hé ! Tu vas pas tout siffler ! Tu m'en laisses un peu...

La lumière laiteuse de ce qui restait de lune, vaguement reflétée par l'eau du lac, dessinait à peine le contour de leurs visages. Ils étaient comme deux morts vivants perdus au bout de la nuit, entre le ciel et l'eau. Célestin termina le mauvais alcool et, rassemblant son courage, se mit à gravir la faille qui veinait la paroi et leur permit d'accéder au sommet. Ils avaient les mains en sang, la sueur qui coulait le long de leur échine se mêlait à l'eau glacée qui transpirait de leurs vêtements trop lourds. Ils suivirent le croissant de lune qui disparaissait, trébuchant sur un sol inégal, marchant comme deux automates, tombant, se relevant, jurant, gueulant, pestant, jusqu'à ce qu'ils arrivent aux barbelés. Des boîtes de conserve vides servaient de système d'alerte. À dessein, Célestin les fit résonner dans l'air sec.

— Halte là ! Qui va là ?

Béraud eut tout juste la force de crier le mot de passe. Deux sentinelles s'avancèrent et les aidèrent à franchir le barrage de chevaux de frise et les sacs de sable. Ils atterrirent bientôt dans le bout de tranchée tenu par la 5ᵉ compagnie. Un abri avait été aménagé dans une grotte naturelle, fermée par une paroi de rondins. Là, un brasero diffusait une pauvre chaleur qui leur apparut comme un miracle. Ils ôtèrent leurs capotes sur lesquelles se formaient déjà des cristaux de glace, arrachèrent de leurs pieds gelés les godillots imbibés d'eau et demeurèrent un instant hébétés, fumant machinalement les cigarettes qu'un petit caporal leur avait roulées. Un lieutenant vint prendre de leurs nouvelles. En prenant bien soin de dissimuler leurs véritables identités, ils résumèrent le désastre de l'attaque de nuit puis, comme on les laissait enfin tranquilles, s'endormirent, entortillés dans des couvertures qui sentaient le moisi, le tabac et le vin.

À l'aube, la relève les réveilla. Engourdis de froid et de sommeil, harassés de courbatures, les deux poilus avalèrent à la hâte le mauvais café et la boule de pain qu'un cuisinier maussade leur avait déposés. Puis ils s'engagèrent dans l'entrelacs des boyaux d'accès. Ils avaient annoncé au lieutenant qu'ils regagnaient le cantonnement de leur section, mais ils poussèrent résolument vers l'arrière. Ils débouchèrent bientôt dans un hameau ravagé, une salve d'obus avait eu raison des pauvres bâtiments dont il ne subsistait sous le ciel gris que quelques pans de murs de brique noircie tout juste capables de soutenir des moignons de poutres calcinées. Ils se laissèrent tomber à l'angle de deux murs en partie démolis, mais qui les protégeaient encore du vent glacial qui venait de l'est. Célestin sortit de sa veste une pochette imperméable qui contenait leurs deux laissez-passer, le bulletin de renseignement avec l'affectation de l'artilleur Lannoy ainsi que la pellicule de photographies récupérée chez le père Lepouy.

— Ça va, constata le policier, les papiers n'ont pas pris l'eau.

— Ils ont bien de la chance !

— Arrête de geindre, on est presque secs.

— Alors, où c'est qu'on va ? demanda Béraud en désignant le pli de l'état-major.

— Deniécourt, dans la Somme. Le sieur Lannoy Gérard, du 50e régiment d'artillerie, a été affecté au poste de commandement de sa compagnie.

— Ça va, il a pas trop à se plaindre. Et comment on va y aller, à Deniécourt ? C'est à l'autre bout du front !

— Je sais. On va tâcher de trouver un convoi qui remonte sur Paris, s'arrêter à Troyes et prendre vers Reims.

— On fait pas un détour par la capitale ?

— Pas envie de tomber sur un contrôle de la prévôté. Officiellement, on est morts noyés la nuit dernière.

— Ils sont pas supposés le savoir.

— Je préfère éviter les recoupements. On fera au plus court.

Ils se relevèrent et marchèrent une demi-heure dans un paysage de décombres et de désolation. Un bruit de moteur les fit se retourner. Un camion approchait, cahotant dans les ornières et les nids de poule, crevant la glace mince des flaques gelées, écrasant les débris épars déposés par la guerre et le passage incessant des convois. Une croix rouge avait été peinte à la hâte sur la carrosserie. Célestin fit signe au chauffeur qui s'arrêta devant les deux soldats. Ils se mirent à parler en criant, pour couvrir le bruit du moteur. Le camion emmenait une demi-douzaine de blessés vers un hôpital de campagne, près de Lure. Il restait une place à l'avant, entre les deux infirmiers, et un peu d'espace à l'arrière, entre les brancards fixés aux cloisons de la remorque. Laissant Béraud s'installer dans la cabine, Célestin se hissa au milieu des blessés. Calé entre deux civières dont l'une s'ensanglantait à chaque soubresaut de l'ambulance, il se rappela son réveil atroce après sa blessure au front, et comme il avait souffert durant le trajet qui l'avait conduit au château d'Amberville[1]. Un vieux territorial au visage mangé de barbe jusqu'aux yeux geignait doucement sur son brancard. Célestin vit qu'il pleurait. Alors il lui prit

---

1. Voir *Le château d'Amberville*, Folio Policier n° 540.

la main, à ce vieux bonhomme qui aurait pu être son père, et la serra, refaisant sans le savoir le geste que Béraud avait eu pour lui lorsqu'il l'avait laissé dans un état désespéré au poste sanitaire.

CHAPITRE 6

Tribulations

Célestin et Béraud sautèrent du camion à l'entrée de Lure. Un pâle soleil d'hiver éclairait la campagne. Toute la fatigue de la nuit leur tombait dessus, les courbatures leur sciaient les mollets et le dos, et le premier kilomètre fut une véritable torture. Ils avaient pris la direction de Vesoul et marchaient l'un derrière l'autre en silence, salués de loin, de temps en temps, par une corneille curieuse juchée au sommet d'un sapin. La route, encore verglacée par endroits, tournait souvent, les virages paraissaient interminables. Un ruisseau invisible faisait entendre son murmure et les grands arbres secouaient dans la bise leur manteau de neige qui tombait en bruissant dans un poudroiement blanc. Ils croisèrent un convoi d'artillerie qui montait vers eux au pas lourd des chevaux de trait, dans le tintamarre des fûts et des caisses de munitions, au son d'une chanson que les soldats fredonnaient en chœur :

> *À nos poilus qui sont au front*
> *Qu'est c'qui leur faut comme distraction*
> *Une femme, une femme*
> *Qu'est c'qui leur f'rait gentiment*

> *Passer un sacré bon moment*
> *Une femme, une femme*
> *Au lieu d'la sal'gueule des Allemands*
> *Ils aim'raient bien mieux certain'ment*
> *Une femme, une femme*
> *Cré bon sang qu'est-c'qu'y donn'raient pas*
> *Pour t'nir un moment dans leurs bras*
> *Une femme, une femme !*

La compagnie passa devant eux sans leur faire le moindre signe, comme une vision, comme un défilé de fantômes. Longtemps, l'écho de leur chant résonna entre les arbres. Les deux poilus continuèrent sans croiser personne. Le petit Béraud mourait de faim, mais il se serait fait tuer plutôt que de se plaindre. Les remontrances de Louise, pendant la nuit, l'avaient vexé. Et, cheminant dans les pas de son compagnon, il se sentait plein de respect et d'admiration pour la ténacité de Célestin. Celui-ci mesurait les risques qu'il avait pris en quittant la tranchée. Il ne se faisait pas d'illusion sur la maigre protection que leur accordaient les deux laissez-passer. Devant n'importe quel tribunal militaire, ils étaient bons pour le poteau d'exécution ; au mieux, la forteresse. Il s'en voulait presque d'avoir entraîné Germain dans cette enquête hasardeuse où l'on ne pouvait guère être plus sûr de ses amis que de ses ennemis.

Le soleil s'était hissé péniblement au-dessus des masses montagneuses, projetant en biais, sur le bas-côté glacé, les ombres des deux hommes. Sur leur droite, un chemin se dessina qui montait vers une petite ferme, un chalet emmitouflé de neige, flanqué d'un côté d'une petite étable où meuglait une vache, de l'autre d'un appentis protégeant la réserve de bois. Le vent tourbillonnant effilochait le mince filet de fumée que la vieille cheminée laissait monter vers le ciel. Célestin se retourna vers Germain, ils n'eurent pas besoin de se concerter pour se diriger vers la maison. Un gros chien noir qu'ils n'avaient pas vu se précipita vers eux en hurlant et se mit en travers de leur chemin avec un grognement menaçant.

— Prince ! Aux pieds !

L'animal hésita puis, à regret, battit en retraite et vint s'asseoir près de son maître, un vieil homme décharné, très grand, que son visage tanné, couvert de rides, et ses cheveux longs et gris faisaient ressembler à un sauvage d'Amérique. Il laissa sans un mot les deux soldats s'approcher.

— Bonjour, monsieur.

Le paysan se contenta de hocher la tête.

— Nous sommes en route pour Vesoul, continua Célestin. Si vous aviez un peu de pain ou un bol de soupe...

Le fermier leur fit signe de les suivre et les fit entrer dans le chalet. Il ne comportait qu'une seule grande pièce, avec la cheminée d'un côté, un grand lit couvert d'un édredon de l'autre. Au centre, une table, deux bancs. Assise à cette table, une jeune femme aux grands yeux clairs détaillait les deux visiteurs. Le vieil homme annonça d'une voix grave :

— Ils ont faim.

La femme se leva. Louise et Béraud se laissèrent tomber sur un banc, le plus près possible de la cheminée dans laquelle rougeoyaient quelques braises. Pendant que leur hôtesse mettait à réchauffer une marmite de potage, le fermier avait pris trois verres et une bouteille de vin blanc. Il remplit les verres, les trois hommes trinquèrent. Le vin était fruité et piquait la langue, la soupe, épaisse et fumante, était délicieuse. Quand ils eurent mangé en silence, Célestin crut bon de se justifier.

— Nous ne sommes pas des déserteurs.

— C'est votre affaire. Il paraît qu'en Russie les gars se débinent par dizaines de milliers.

— Il paraît. Mais ici, ça vaut encore le peloton d'exécution.

— Mais nous, on déserte pas, répéta Béraud.

— Et qu'est-ce que vous cherchez, à Vesoul ?

— On va tâcher de trouver un train qui nous remonte vers Troyes.

Toujours muette, la jeune femme leur avait servi du café. Les deux soldats le burent avec délice, il était chaud et savoureux. Au moment où ils se levaient pour repartir, le fermier leur confia un demi-pain et une épaisse tranche de fromage.

— Bonne chance.

— Merci.

Célestin échangea un regard avec la femme, mais elle détourna presque immédiatement les yeux. Prince, le chien noir, suivit les deux poilus jusque sur la route.

— Drôle de type, hein ?

— Ouais... Elle aussi est bizarre. J'aurais bien aimé entendre le son de sa voix.

— Et s'ils nous dénonçaient ?

— À qui ? Les gendarmes doivent pas venir souvent par ici.

Au bout d'une centaine de mètres, alors que le chalet avait disparu derrière un rideau d'arbres, Béraud reprit :

— Vous pensez qu'ils couchent ensemble ?

107

— Je suis comme toi, bonhomme, j'ai vu qu'un seul lit.

— Ben dites donc, elle est pas bégueule !

— Et où veux-tu qu'elle trouve un mari, peau de zigue ? Ils sont tous comme nous, ses fiancés, partis à la guerre. Ou déjà morts.

Ils arrivèrent à Vesoul en milieu d'après-midi. Le ciel s'était à nouveau couvert et la petite ville semblait comme engourdie sous sa chape de froid. Ils franchirent d'abord un passage à niveau, puis suivirent la voie ferrée jusqu'à la gare. Dans ces faubourgs, tout semblait n'appartenir qu'à l'armée. Des convois de camions se croisaient, chargés d'hommes ou de matériel. Des trains entiers réquisitionnés par l'état-major stationnaient en gare, déjà prêts à repartir. Des mécaniciens s'activaient autour des locomotives encore fumantes tandis que des équipes du génie ou des unités de territoriaux déchargeaient à la hâte les wagons de munitions. Un capitaine s'épuisait à mettre un peu d'ordre dans ce gigantesque chassé-croisé. Les yeux rivés sur d'interminables listes, il répartissait en criant les caisses, indiquait les destinations, engueulait des sous-officiers maladroits et, parfois, posait ses paperasses pour mettre lui-même la main à la pâte. Célestin s'approcha de lui et profita d'un rare instant de répit pour présenter son laissez-passer.

— Et alors ? Qu'est-ce que vous voulez de moi ?

— Vous n'avez pas un train qui remonte sur Troyes ? L'officier consulta sa liste.

— Vous avez de la chance, j'ai un convoi qui démarre dans moins d'une heure, voie 5, il remmène le 52e d'infanterie sur le front de Champagne. Mais je ne vous garantis pas le confort, je n'ai jamais assez de place !

Il n'avait pas fini sa phrase qu'il était déjà reparti vers un train qui venait d'arriver à quai et s'arrêtait dans un grand souffle de vapeur. Célestin et Germain empruntèrent un passage souterrain jusqu'à la voie 5. Le 52e régiment embarquait déjà, s'entassant dans des wagons à bestiaux tout juste garnis d'un peu de paille. En voyant les hommes silencieux, portant leurs paquetages, se serrer dans les voitures, Célestin restait frappé par le contraste que ce sombre défilé présentait avec l'embarquement des premiers jours, lorsque les hommes partaient en riant, fiers de leurs uniformes aux boutons dorés, envoyant par les fenêtres des baisers à leurs fiancées ou à leurs parents soulagés qu'on aille enfin remettre les Boches à leur place. Depuis, tant de sang avait coulé sous le ciel gris du front, de la mer du Nord à la Suisse, tant de jeunes soldats étaient morts, tant de familles dévastées par le deuil s'étaient résignées à l'absence... La guerre était devenue une corvée lancinante, un cauchemar obsédant qui avait éteint les sourires et alourdi les gestes. Laissant les compagnies s'installer dans le train, les deux poilus s'assirent au milieu d'un amas de caisses et se partagèrent le pain et le fromage. Un capitaine à la voix lasse leur enjoignit d'embarquer à leur tour, sans même se rendre compte qu'ils venaient d'un autre régiment.

— Qu'est-ce qu'on fait ? murmura Béraud.

— Comme d'habitude, on obéit aux ordres.

Ils trouvèrent un peu d'espace dans un vieux wagon qui puait encore la bouse et l'urine. Très vite, leurs compagnons de voyage remarquèrent le numéro 134 au revers de leur col d'uniforme.

— On vous a intégrés au 52ᵉ ? demanda un grand rouquin aux oreilles décollées.

— Non, mais on remonte avec vous, on va à Deniécourt, dans la Somme. Et vous ?

— On s'en va cantonner à Dommartin, en Champagne. Enfin, là ou ailleurs ! Il serait grand temps que tout ce cirque se termine.

Une conversation s'engagea sur les mérites supposés du général Nivelle, le confort relatif des nombreuses tranchées qu'ils avaient connues, l'efficacité meurtrière des différents obus, marmites, saucisses, mortiers et autres engins explosifs puis, très vite, la plupart des hommes s'endormirent, collés les uns contre les autres. Ce fut bientôt un concert de ronflements dans lequel le rouquin tenait lieu de soliste virtuose. Le petit Béraud, lui aussi, sommeillait, secoué de temps en temps par une brusque réaction nerveuse ; alors il murmurait quelques mots inaudibles et replongeait dans ses cauchemars. Pour une raison inconnue, le train stationna longuement sur un viaduc. Par un interstice de la portière mal jointive, Célestin pouvait voir en contrebas les toits enneigés d'un petit village. Une troupe de gamins faisaient claquer leurs galoches sous les arches du pont. Menés par une sorte de chef, protégés par des passe-montagnes ou des bérets enfoncés jusqu'aux yeux, ils marchaient au pas sur deux colonnes en faisant tournoyer des crécelles au cri strident. Ils jouaient à la guerre.

Il faisait déjà nuit lorsque le train s'arrêta en gare de Reims. Le 52ᵉ d'infanterie embarqua à bord de camions numérotés qui partirent en file vers l'est. En traînant le long des voies, Célestin et Béraud remarquèrent une compagnie du génie qui effectuait un chargement de tentes et d'équipement de terrassement dans de larges wagons bennes qu'ils couvraient au fur et à mesure de bâches. Le convoi était précisément à destination de Compiègne. Les deux poilus présentèrent leurs laissez-passer à un sergent-chef hirsute qui finit par les prendre en pitié et leur confia deux couvertures en leur indiquant la voiture de tête où les caisses entassées ménageaient un petit espace. Les deux hommes s'y installèrent et, malgré le vacarme incessant, s'endormirent. Germain semblait posséder un talent particulier pour le sommeil, il lui suffisait de quelques secondes, les yeux fermés, pour perdre conscience. Célestin, lui, dut attendre que le train s'ébranlât pour plonger dans des rêves confus au cours desquels Éliane lui apparaissait, souriante, puis disparaissait, lui échappait, le laissant désemparé, triste et anxieux. Les coups de sifflet, les cris, les grands soupirs de vapeur les réveillèrent. Malgré la nuit, la gare était en pleine activité. On se hâtait de décharger les munitions et les différents équipements destinés au front, et les trains repartaient, le plus souvent à vide. Une trentaine de blessés aux bandages ensanglantés attendaient, hagards, serrés contre les murs d'un entrepôt, qu'on les embarquât à bord de wagons sanitaires. Courbatus, frigorifiés, Célestin et son compagnon se dégagèrent de l'amas de caisses et sautèrent sur le quai. Ils n'avaient pas fait dix pas que deux gendarmes leur tombèrent dessus.

— D'où vous venez ?
— De Vesoul, via Reims.
— Et vous allez où ?
— À Deniécourt, dans la Somme.

Célestin sortit une fois de plus les laissez-passer que le brigadier lut et relut en fronçant les sourcils.

— Nous sommes chargés d'une mission pour l'état-major.

— Quel genre de mission ?

— Une enquête sur un meurtre.

— Et pour ça, vous vous baladez d'un bout à l'autre du front ?

— Je n'ai pas de compte à vous rendre, brigadier.

Sans leur redonner leurs papiers, le gendarme les toisa.

— Ce n'est pas clair, votre histoire. Vous allez me suivre au poste, pour vérifications.

Il était inutile de discuter. Dans le tohu-bohu des départs et des arrivées, au milieu des ordres, des contrordres, du grincement des poulies et du chuintement de la vapeur des grosses locomotives, les deux poilus suivirent les gendarmes jusqu'à un petit local aménagé au sein même de la gare. Là, un troisième pandore somnolait derrière un bureau pratiquement vide, mis à part une cafetière et trois tasses. Louise et Béraud furent poussés contre un mur pendant que le brigadier sortait d'un tiroir une liste de noms qu'il comparait à ceux des deux soldats.

— Nous ne sommes pas des déserteurs, brigadier.

— De fait, vous n'êtes pas *nomenclaturés* comme tels, admit le gendarme dans un français approximatif. Mais qui me dit que ces papiers ne sont pas des faux ? Ou que vous ne les avez pas dérobés à leurs véritables propriétaires ?

Soupçonneux, suffisant, il jouait machinalement avec les laissez-passer. Il n'avait de toute évidence aucune intention de laisser repartir les deux soldats.

— Je vois que vous disposez du téléphone, brigadier. Alors je vous suggère une chose très simple : vous contactez la première brigade de police mobile, rue Greffulhe, à Paris, dans le 8ᵉ arrondissement. Ils vous confirmeront mon identité.

— Les Brigades du Tigre... Vous croyez que je vais déranger ces messieurs en pleine nuit ? Et d'abord, qu'est-ce que vous avez à voir avec eux ?

— J'en fais partie. Je suis inspecteur de police.

Du coup, toute trace d'ironie disparut du visage du brigadier.

— Attention à ne pas vous moquer de moi, monsieur... Louise ! Et puis j'en ai rien à foutre, moi, de votre brigade mobile ! C'est auprès de votre état-major que je vais vérifier : vous êtes mobilisé, je vous le rappelle. En attendant, vous allez rester ici.

Il fit un signe à son collègue qui conduisit les deux poilus dans un petit local de pesée des bagages. Une grande balance formait le seul ameublement. Béraud s'assit sur le plateau, faisant monter l'aiguille du cadran circulaire à soixante-huit kilos. Le gendarme referma à clef la porte vitrée qui donnait sur le quai. À travers le verre cathédrale, on distinguait des silhouettes déformées portant des fanaux dont l'éclat brisé se décomposait en gerbes lumineuses dessinant des zones plus claires sur le sol poussiéreux.

— Nous voilà bien ! soupira Germain.

— Ce qui m'emmerde, c'est qu'il nous a confisqué nos papiers, cet abruti !

Célestin se planta devant la vitre, tâchant de deviner ce qui se passait sur le quai. Béraud se roula une cigarette et se cala le mieux qu'il put, le dos appuyé contre le montant de la balance. Les deux hommes demeurèrent ainsi longtemps sans se regarder ni se parler. Dehors, le va-et-vient des convois se calmait. Le téléphone sonna tout près. Louise colla son oreille à la cloison et se rendit compte qu'il pouvait entendre tout ce que racontaient les gendarmes. Le coup de fil était strictement administratif. Et puis il y eut une cavalcade, des pas lourds qui pénétrèrent dans le bureau.

— J'ai des informations, mon lieutenant.

Célestin avait reconnu la voix d'un des gendarmes. Intrigué, le petit Béraud s'était levé et s'approchait, le policier lui fit signe de ne pas faire de bruit.

— Les nommés Louise Célestin et Béraud Germain sont portés disparus en opération.

— Bon sang de bois ! Ça veut dire que les deux clampins qu'on a enfermés sont soit des imposteurs, soit des déserteurs.

— Merde ! jura Célestin.

Il n'avait pas besoin d'en entendre plus. Il fit signe à son compagnon.

— On se tire d'ici !

Il se rua sur la porte qui les séparait du quai. Elle céda du premier coup, les vitres volèrent en éclats. Les deux poilus se précipitèrent dehors. Un train arrivait au même moment, locomotive haletante dans son nuage de vapeur. Louise et Béraud traversèrent la voie juste devant, à deux doigts de se faire déchiqueter par l'énorme machine. Leurs silhouettes s'étaient perdues dans le halo de vapeur blanche quand les gendarmes arrivèrent à leur tour sur le quai. Les wagons qui défilaient devant eux formaient un mur infranchissable.

— Bordel de Dieu ! hurla le brigadier, dégainant son revolver.

Ses imprécations se perdirent dans le fracas du train. De l'autre côté des rails, Célestin et Germain couraient comme des fous. Ils se glissèrent sous les tampons entre deux voitures, franchirent trois autres voies et débouchèrent sur un terre-plein mal délimité par des grillages tordus. Un camion de matériel démarrait en cahotant. Célestin se jeta dans le faisceau des phares en agitant les mains. Le camion pila. Déjà, Béraud grimpait dans la cabine par la portière passager. Au volant, un type tout pâle aux petits yeux rapprochés le dévisageait avec étonnement.

— Qu'est-ce qui se passe ?
— Regarde ça, saucisse à pattes !

Et le jeune soldat de sortir un couteau à cran d'arrêt dont il pressa la lame sur le cou du chauffeur.

— On a besoin de ton zinzin.
— Vous êtes cinglés !

Il n'eut pas le temps d'en dire plus, Célestin avait ouvert sa portière et le faisait basculer dehors. Le type, étourdi, resta à terre, le policier prit sa place au volant et embraya la première vitesse. Les phares éclairèrent une rangée de maisons pauvres, délabrées, et puis ils furent déjà dans les faubourgs.

— Où est-ce qu'on va ? demanda Béraud, un brin dépassé par les événements.
— On continue plein nord. Je veux retrouver l'artiflot, le copain à Mélanie.
— Vous croyez vraiment qu'il aurait pu traverser nos lignes sans se faire chambrer ?

Béraud faisait allusion à l'hostilité sourde qui régnait entre les artilleurs et les fantassins, ces derniers reprochant injustement aux premiers de rester bien à l'abri dans leurs casemates. Et puis il y avait eu bien souvent des tirs trop courts brisant net les as-

115

sauts de poilus, taillés en pièces par leurs propres canonniers.

— J'en sais rien, répondit Célestin, mais faut croire que, près du lac, nos lignes en ont vu passer, des choses.

Les phares découpèrent une silhouette fatiguée accrochée à un vélo qui la tirait autant qu'elle le poussait. C'était une femme entre deux âges, le visage serré dans un fichu de grosse laine. Célestin pila, Béraud baissa sa vitre et l'apostropha du haut de la cabine.

— Pour remonter vers le nord, c'est la bonne route ?
— Vous continuez tout droit, vous arriverez à Montdidier, et puis après, c'est la guerre...

Elle se figea, les yeux écarquillés, puis baissa la tête et repartit, courbée sur sa bicyclette. Le camion s'enfonça dans la nuit, révélant de chaque côté de la route des plaques blanches, scintillantes, de neige durcie, ou des formes torturées d'arbres morts.

— Où c'est qu'on va, comme ça ? lança Béraud, les yeux perdus sur le ruban gris de la route.
— T'as pas entendu, bonhomme ? À Montdidier, c'est là qu'on va.
— Je connais pas ce nom-là... Et après ? Et encore après ? Et si on trouve rien et que les autres nous attrapent, on est bons pour le peloton !
— C'est pour ça qu'il faut aller jusqu'au bout, et démasquer ce réseau qui fait passer des armes aux Boches. Après ça, ils vont quand même pas nous fusiller !
— Allez donc savoir... Y'a peut-être du gratin qu'est mouillé dans cette affaire.
— T'as pas tort, Béraud. Mais de toutes façons, on n'a plus le choix. Les gendarmes nous ont sûrement

signalés partout comme déserteurs, et sans doute comme des gars dangereux. Cette engeance-là ne fera pas de quartier avec nous. Alors on va le retrouver, cet artiflot de malheur, et puis après on mettra la main sur la 27ᵉ compagnie. Et on leur tirera les vers du nez.

— On... on va remonter en première ligne ?

— On est là pour ça, non ?

Germain resta silencieux. Il tenta de se rouler une cigarette malgré les cahots, y renonça et fit semblant de s'endormir. Il ne voulait pas parler du Chemin des Dames et de sa légende de mort.

Le jeune poilu s'était presque endormi quand un coup de frein le tira de sa torpeur. Il vit que Célestin garait le camion sur le côté, à l'entrée d'un petit chemin.

— Qu'est-ce qui se passe ?

— Il y a un truc que je me demande, c'est ce qu'on peut bien transporter dans ce bahut...

Laissant le moteur tourner, il sauta de la cabine et fit le tour du véhicule. C'était les heures les plus froides de la nuit, un vent glacé lui arracha des larmes. Il défit les attaches de la bâche qui fermait l'arrière, écarta les deux loquets qui s'ouvrirent en grinçant et rabattit le panneau avant de se hisser à bord de la remorque. Dans la pénombre, il distingua un empilement de caisses en bois fixées aux cloisons par des cordes. Un pied-de-biche avait été coincé derrière une des armatures métalliques de la remorque. Célestin le tira et s'en servit pour ouvrir une caisse. Elle contenait des boîtes de cartouches pour fusil. Il en ouvrit une seconde et eut la surprise de découvrir un lot de revolvers d'ordonnance, avec leurs munitions. Il en prit deux et de quoi les charger, referma les caisses et retrouva Béraud à l'avant.

— Alors, qu'est-ce qu'on trimballe ?

— Des cartouches, et puis ça...

Il lui balança un des deux revolvers, enfouissant l'autre dans la poche de sa capote. Béraud prit l'arme et l'examina avec circonspection.

— C'est un revolver d'officier.

— Et alors ? Tu crois qu'on peut encore aggraver notre cas ? Tiens, voilà aussi des cartouches pour mettre dedans.

Il redémarra, montant toujours plein nord. Un peu plus tard, ils croisèrent un convoi d'ambulances, énormes croix rouges sur un fond blanc presque phosphorescent, qui s'évanouirent comme des fantômes. Quelques kilomètres avant Montdidier, un barrage les arrêta. Les gendarmes, transis de froid, inspectèrent à peine le camion. Célestin prétendit qu'ils acheminaient des munitions pour le 134e d'infanterie. On les laissa passer. Béraud n'en revenait pas.

— Le 134e... Heureusement qu'ils n'ont pas vérifié !

— Ils en voient passer tellement. Et ce qu'ils pouvaient vérifier, c'était le numéro sur notre col.

Germain eut un regard d'admiration pour son compagnon. De nouveau, le camion s'enfonçait dans la nuit.

— On ne devrait plus être très loin, maintenant, remarqua Célestin.

Cinq minutes plus tard, ils arrivèrent à Montdidier, ou ce qu'il en restait. Quelques loupiotes brûlaient sur des monceaux de briques que les unités passées en seconde ligne avaient transformés en précaires abris. On pouvait à peine distinguer le tracé des rues, tant les bombardements avaient été violents, soufflant les maisons, transformant en trois ans de guerre le village en monceaux de ruines. Célestin s'arrêta pour laisser passer un cuistot qui traînait sa roulante et qui disparut dans ce qui restait d'une petite école. On pouvait encore lire au fronton la devise de la République : « Liberté, Égalité, Fraternité ». « Liberté de s'entretuer, pensa Célestin, égalité devant la mort et fraternité interdite avec les Boches qui en bavent pourtant bien autant que nous… » Il gara le camion à l'abri d'un grand mur coiffé de son étole de neige. Quand il eut éteint les phares et coupé le moteur, les deux soldats purent distinguer au loin le grondement devenu familier d'un duel d'artillerie. Le front était tout proche.

— Et maintenant, qu'est-ce qu'on fait ? demanda Béraud qui avait fini par charger son arme et la planquer dans sa poche.

— On s'en grille une petite. Passe-moi ton tabac.

Dans la cabine enfumée, ils ne se dirent plus rien. Au bout de quelques minutes, Célestin ouvrit sa portière, jeta son mégot et quitta le camion, suivi par Béraud. Autour d'eux, les ruines, noires de suie et blanches de neige durcie, étaient sinistres.

— On va tâcher de retrouver le cuistot qui est passé par là.

À leur tour, ils pénétrèrent dans l'école. Un couloir sombre donnait sur les classes, d'un côté les garçons, de l'autre les filles. Au bout, la cour de récréation. C'était là, sous un préau, que le cuistot s'était installé, préparant le café du matin et des rations de charcuterie. Près de lui, une section s'était avachie sur de la mauvaise paille, les hommes ronflaient, indifférents au bruit des bidons.

— Ça sent bon, ton affaire...
— Vous venez resquiller un jus ?
— Pas de refus.

Tout en leur servant deux quarts de café, le cuisinier les interrogea. À ses questions, les deux poilus apportèrent de vagues réponses et demandèrent à leur tour s'il savait où on pouvait trouver le 50ᵉ d'artillerie.

— Ils sont sur des hauteurs, vers Deniécourt. Hier, ils se sont fait assaisonner, ils ont eu des pertes. Ceux qui pouvaient encore marcher se sont repliés ici, jusqu'à ce que l'ambulance vienne les prendre. Mais le gros du régiment est toujours là-bas. Ils ont pas toujours la belle vie, les artiflots !

— Manquerait plus que ça ! Tiens, rhabille le gamin, lança Célestin en lui tendant le quart qu'il venait de siffler.

CHAPITRE 7

L'artiflot

Une aube fatiguée avait fait taire les canons. Louise et Béraud abandonnèrent le camion dont le vol avait sûrement été signalé. Le petit Germain considéra le Renault avec regret.

— On était quand même confort, là-dedans... Dire qu'il va falloir recommencer à se geler les arpions !

— Fais pas la tronche, sac à puces ! Il vaut mieux qu'on se perde dans le paysage, et même fissa, parce que le bahut va pas passer inaperçu.

— Ouais, j'ai compris, grogna Béraud en donnant une grosse claque sur la bâche. Vous savez par où qu'on va ?

— D'après le cuistot, on n'a qu'à suivre les pancartes, direction « secteur F ». On devrait trouver le 50ᵉ près des ruines d'un château.

— C'est bien ce que je dis, moi, les artiflots, ils ont la vie de château !

— J'ai dit : « des ruines ». Allez, viens.

Ils quittèrent le village par un chemin qu'on devinait à peine sous la neige. À intervalles réguliers, des pancartes en bois indiquaient la répartition des secteurs, marqués par des lettres majuscules peintes au pochoir. Déjà, ils retrouvaient la dévastation familière du champ de bataille, que la neige rendait à peine moins sinistre. Le chemin qu'ils suivaient était déformé par les trous d'obus qui les surprenaient et dans lesquels ils enfonçaient jusqu'à mi-cuisse. Pendant un moment, toujours suivant les repères F, ils longèrent un talus qui leur faisait comme une protection. Les bombardements avaient repris, tout près. Un obus tomba à moins de vingt mètres, soulevant une gerbe de terre dont les mottes humides de neige s'abattirent sur eux. Enfonçant la tête dans les épaules, ils s'étaient collés au talus.

— Ça va être coton d'arriver jusqu'aux 75 ! s'exclama Béraud.

Ils reprirent leur marche. Au bout d'un quart d'heure, il n'y eut plus ni chemin, ni talus, juste une plaine lugubre où ils faillirent se perdre à suivre de vagues pistes que personne n'avait déblayées. Puis, petit à petit, la route se mit à descendre, ils arrivaient au bord d'un plateau désolé. Le petit village de Deniécourt, dont pas une habitation n'était restée debout, s'élevait jadis au flanc d'un ravin qui avait dû être le théâtre de combats acharnés : arbres calcinés, déracinés, fourgons, caissons brisés, débris de matériel de toutes sortes, fusils, baïonnettes, grenades, obus allemands répandus pêle-mêle ou en tas... Le 50ᵉ d'artillerie avait installé ses batteries sur l'autre versant, au milieu d'un petit bois dont il ne restait que quelques troncs tordus. Entre les racines des arbres déracinés, les artilleurs s'étaient fait des abris, et même quelques casemates en rondins. Leurs pièces étaient au repos, recouvertes de bâches aux couleurs neutres pour les camoufler à la vue de l'ennemi. Un peu en surplomb, de gros blocs de pierre noircie tapis dans la neige rappelaient l'existence ancienne d'un château. Un pan de mur avait survécu, percé d'une meurtrière qui ouvrait sur le ciel gris. Deux corbeaux en quête de cadavres passèrent en croassant, nonchalants et indifférents. Une sentinelle apparut derrière une caisse d'obus ouverte dont les quatre casiers laissaient voir les douilles de cuivre soigneusement alignées par rangées de cinq. Fatigué, il se contenta de dévisager les deux nouveaux venus.

— Qu'est-ce que vous foutez là ?
— C'est vous, le 50e ?
— Oui, et alors ?
— On cherche un nommé Lannoy.

Pour faire impression, Célestin avait déplié solennellement le papier que lui avait confié l'état-major, le seul document qui avait échappé à la fouille des gendarmes.

— D'après les renseignements de l'état-major, il devrait avoir été affecté au PC.
— Lannoy ? Il est tout juste rentré de permission, il a été détaché auprès du commandant. Qu'est-ce que vous lui voulez ?
— Secret défense, mon gars. Où est le PC ?
— Sur l'autre versant, il y a une petite chapelle, c'est là qu'ils se sont mis.

Les deux fantassins contournèrent les batteries au repos, soigneusement camouflées sous leurs bâches. Autour, il n'y avait pas trace d'activité. Les artilleurs s'étaient construit leurs cagnas dans un repli de terrain. Ils regardèrent passer les deux poilus avec étonnement, mais aucun d'eux ne posa de questions. Un grand gaillard aux moustaches en guidon de vélo s'acharnait à scier une boule de pain congelée, tandis qu'un autre avait mis à réchauffer une bonbonne de vin rouge glacé sur un brasero. La chapelle, sans doute anciennement celle du château, se trouvait en contrebas, près d'un petit étang lui aussi entièrement gelé. Par jeu, Béraud y balança un petit caillou rond qui rebondit plusieurs fois sur la glace en faisant un bruit de scie musicale. Les deux hommes furent arrêtés par des sentinelles frigorifiées, dont le bout des nez rouges dépassait tout juste d'un entassement d'écharpes et de lainages dissimulant en partie leurs vestes d'uniforme.

— Qui va là ?

De nouveau, Célestin s'expliqua. Les deux plantons avaient trop froid pour se montrer longtemps méfiants. Béraud leur offrit au passage une cigarette à chacun, le temps d'échanger les dernières nouvelles du front. Ils venaient de soutenir un duel d'artillerie d'une extrême violence qui leur avait coûté une quinzaine d'hommes.

— Les Boches sont là-bas, juste derrière la crête. Ils ont une batterie de 250, mais ils doivent être à court de munitions, ils ferment leur gueule depuis vingt-quatre heures.

La fumée des cigarettes s'élevait, fine et droite dans l'air glacé.

— Et vous venez de loin, comme ça ?
— De l'état-major de Paris, mentit Célestin.
— C'est une affaire grave ?
— On peut pas en dire plus, faut nous excuser.
— Vous êtes tout excusés. Pauvre Lannoy, qu'est-ce qui va lui tomber sur le paletot ? Parce que c'est quand même un brave type.
— On n'a pas dit le contraire. On peut y aller ?
— Je vais vous accompagner, proposa une des

sentinelles. Mais faites gaffe, le commandant Garmodi n'est pas toujours commode !

Escortés de ce grand escogriffe nippé comme un épouvantail, les deux biffins s'avancèrent vers la chapelle désaffectée transformée en poste de commandement. Ils poussèrent la petite porte à moitié dégondée qui frottait sur la pierre du seuil. À l'intérieur, passant par l'ouverture des vitraux que les explosions avaient mis en miettes, la pâle lumière d'hiver éclairait le PC. Des caisses éventrées, une planche sur des tréteaux portant les cartes du secteur et des tables de calcul, des couvertures jetées en vrac ici et là, quelques bouteilles de vin, deux lanternes et un râtelier de fusils occupaient la nef dont les bancs de bois avaient été repoussés le long des murs chaulés de blanc. Le commandant de la compagnie, un homme de haute stature au regard limpide, était en train de dicter un rapport sur l'état de ses pertes au soldat qui lui servait de secrétaire.

— En outre, deux canons de 75, du fait de leur utilisation intensive au combat, ont explosé, tuant trois de mes hommes et en blessant deux autres. Les conditions de transport...

Il s'interrompit en voyant entrer Célestin, Béraud et leur guide. Tous trois se mirent au garde-à-vous et saluèrent l'officier.

— Repos.

Il nota le numéro du régiment des deux fantassins.

— Vous êtes du 134ᵉ d'infanterie ? Qu'est-ce que vous faites ici ?

— Nous sommes chargés d'une enquête, mon commandant, suite à un meurtre qui a eu lieu dans nos lignes.

— Un meurtre ? Qui donc a été assassiné ?

D'emblée, l'officier avait laissé percer un brin de scepticisme dans sa voix.

— Un des nôtres.

— Et depuis quand nous envoie-t-on deux biffins parce qu'un homme est mort au front ?

— Les circonstances de sa mort n'ont pas vraiment été expliquées. On l'a retrouvé au bord d'un lac, un matin, à l'aube, il avait été poignardé.

Le soldat qui faisait office de secrétaire se figea. Il lança sur les deux fantassins un regard ahuri. Il murmura :

— C'est Blaise...

Le commandant se tourna vers lui, surpris.

— Qu'est-ce que vous racontez, vous ?

— Il a raison, mon commandant, intervint Célestin. Le mort s'appelait bien Blaise, Blaise Pouyard.

Il s'adressa à l'artilleur.

— Je suppose que c'est vous, Gérard Lannoy ?

L'autre fit « oui » de la tête, sa mâchoire en pendait de saisissement. Le commandant commençait à s'impatienter.

— Vous le connaissez ?

— C'est lui que nous sommes venus interroger, mon commandant.

— Il a quelque chose à voir dans le crime... ou soi-disant tel ?

— Il se trouvait en permission dans le village voisin quand tout ça s'est passé.

L'officier examina les deux arrivants, ensuite Lannoy qui n'en menait pas large, puis il revint à Célestin.

— Bon. Je suppose que vous n'avez pas traversé le front pour le plaisir de la promenade. Je vais faire un tour d'inspection, vous avez un quart d'heure.

Il enfila un lourd manteau, un cache-nez de fine laine et des gants.

— Ne vous laissez pas impressionner, Lannoy !

Il fit un signe aux soldats puis sortit. L'artilleur restait éberlué, considérant Louise et Béraud comme s'ils arrivaient de la lune.

— Qu'est-ce que vous me voulez ? Vous n'allez pas croire que j'ai tué Blaise, non ?

— Tu le connaissais ?

— Non, ce serait trop dire. On s'est croisés une ou deux fois, au bistrot de Petit Jacques. Mais j'ai bien compris que Mélanie s'était laissé embobiner, et qu'il y avait pas grand-chose à y faire.

— Alors tu t'es arsouillé, et t'as prétendu que ta permission était finie.

— C'est vrai, j'avais encore vingt-quatre heures. Je les ai passées à Paris, je suis allé voir les filles, et je regrette pas.

— Ça, c'est pas notre affaire, bonhomme. Tout le temps que tu étais là-bas, à Chamblay, t'as jamais entendu parler de choses bizarres, de trafics, de convois qui auraient traversé les lignes ?

— Des trafics de quoi ? Je sais qu'il y a des boîtes de singe qu'on a retrouvées à l'arrière alors qu'elles n'avaient rien à faire là, mais à part ça…

— Il s'agit pas de boustifaille, mon gars. Et Mélanie t'a jamais rien dit, à propos de son galant ?

— Non, et il valait mieux pas ! Vous pouvez pas m'en dire plus ?

— Moins t'en sauras, mieux tu te porteras.

Célestin et Germain faisaient déjà un geste vers la porte quand Lannoy accrocha Louise par le bras.

— Comment elle va, Mélanie ?

Les deux poilus se regardèrent : était-ce bien à eux d'annoncer la mort de la jeune femme ?

— Ben quoi ? Vous dites rien ?

Célestin se tourna vers lui, se passa le bout des doigts sur la moustache puis se décida.

— Elle a été tuée, Mélanie. Assassinée, comme Pouyard.

Du coup, le pauvre Lannoy se laissa tomber sur sa chaise.

— Ah ben mince !... C'est pas vrai, quand même ?

Il fallut raconter le rendez-vous fatal et la découverte macabre du cadavre raidi de froid dans son fossé de neige.

— Égorgée, murmura Lannoy, anéanti. Mais qui sont les sauvages qui peuvent faire des trucs pareils ?

— C'est justement ce qu'on aimerait bien savoir. Et à mon avis, poursuivit Célestin, les deux meurtres sont liés, celui de Pouyard et celui de Mélanie. On s'en est même pris à moi, un camion qui m'a foncé dessus.

L'artilleur le regarda fixement, ce dernier détail semblait éveiller chez lui un souvenir.

— Un camion, vous dites ?

— Oui, un Renault, bâché, avec la cabine avant ouverte.

— Un camion... Quand j'ai quitté Chamblay, je suis reparti à pied sur Douviers où je pensais trouver une place avec un chargement d'uniformes en partance de la fabrique.

Il eut un moment d'hésitation, l'évocation de la petite usine de vêtements lui rappelait le sourire de Mélanie.

— J'étais à peine sorti du village qu'un camion m'a

rattrapé, il devait venir du PC. Comme il commençait à flotter une espèce de neige fondue qui me trempait jusqu'aux os, je lui ai fait signe qu'il m'embarque. Il s'est arrêté, j'ai grimpé à côté du chauffeur mais c'est tout juste s'il m'a dit trois mots. J'ai précisé que j'allais sur Douviers, il a fait « oui » de la tête et on a fait le chemin ensemble.

— Il avait l'air de quoi, ce chauffeur ?

— Ça, je serais bien en peine de vous le dire ! Il avait une casquette enfoncée jusqu'aux oreilles, des grosses lunettes et une écharpe en tricot qui lui cachait presque tout le visage, on ne voyait dépasser que son nez.

— Il vous a déposé où ?

— Eh bien finalement, quand il a su que je remontais sur Paris, il m'a emmené avec lui. Il m'a lâché près des fortifs. J'en sais pas plus.

— Dans tout le temps du voyage, vous n'avez pas trouvé l'occasion de parler ?

— Pas un mot. Faut dire qu'avec le boucan du moteur... On s'est arrêtés deux fois dans des casernes, sur la route, pour remettre de l'essence, mais le type ne parlait qu'aux mécanos. Tout ce que je peux vous dire, c'est qu'on est remontés à vide, et qu'on a doublé des ambulances qui, elles, ne savaient plus où mettre leurs blessés !

Béraud et Célestin échangèrent un regard.

— Vous pensez que c'est le camion qui vous a foncé dessus ?

— Comment veux-tu que je le sache, bec de veau ?

Le policier posa sa main sur l'épaule de Lannoy.

— Merci de nous avoir raconté tout ça. Et bon courage.

L'artilleur resta un moment hébété, puis releva la tête.

— Vous allez le retrouver, l'assassin de Mélanie, hein ?

— Tu peux compter sur nous.

Les deux fantassins quittèrent les positions du 50e d'artillerie, croisant le commandant Garmodi qui répondit à leur salut en effleurant son képi du bout des doigts. Comme ils s'en retournaient vers Montdidier à travers les champs dévastés, la neige se remit à tomber.

Ils étaient comme deux bonshommes de neige, masses informes, croquemitaines gelés sur lesquels le vent obstiné avait plaqué des épaisseurs de glace lorsqu'ils arrivèrent au village détruit. Quelques va-et-vient furtifs indiquaient la présence d'unités au repos en deuxième ligne. Le camion qu'ils avaient utilisé à l'aller n'était plus là. Ils se réfugièrent sous un préau d'école et secouèrent la gangue de givre qui les enveloppait. Pour se réchauffer, ils se donnèrent de grandes claques sur les épaules et dans le dos, soulevant à chaque fois une poussière blanche qui venait fondre à leurs pieds. Le fourrier d'un régiment en transit avait abandonné quelques caisses sur lesquelles ils s'assirent. À la grande surprise de Célestin, le petit Germain sortit une bouteille de vin des profondeurs de sa capote.

— D'où tu sors ça, zigue à puces ?

— Cadeau des artiflots. Ils avaient qu'à pas la laisser traîner.

— T'as pas perdu ton coup de fourchette, toi[1] !

— Allez pas croire, monsieur, j'ai juste fait ça

1. Voir *La Cote 512*, Folio Policier n° 497.

pour nous, rapport à ce que personne ne va s'occuper de notre ravitaillement. Mais je retomberai pas dans la grinche.

— Je te crois, bonhomme. Allez, ouvre la boutanche, qu'on se réchauffe un peu.

Le mauvais vin leur brûlait l'estomac, mais ils le dégustèrent comme un nectar. En quelques mots, ils firent le bilan du peu qu'ils avaient appris auprès du pauvre Lannoy. Bien loin d'avoir pensé à se venger de son rival, il avait déguerpi après une bonne cuite. Il était hors de cause dans l'assassinat de Pouyard. Restait le mystérieux camion qui l'avait ramené sur Paris.

— Ce qui me chiffonne, Germain, c'est que, mis à part les véhicules de liaison, tous les transports se font par convois. Un bahut qui se balade tout seul et qui s'en va en liberté du front à Paris, c'est bizarre. Un autre camion, ou peut-être le même, qui me fonce dessus à Luxeuil, c'est tout aussi étrange. Mais pas suffisamment pour convaincre qui que ce soit de quoi que ce soit…

Une nouvelle fois, le jeune policier sentit son enquête se dérober sous ses pas, chaque début d'indice s'évanouissait, rien ne prenait corps et les supposées preuves qu'il recherchait, éparpillées aux quatre coins du front, se révélaient décevantes. Même s'il demeurait persuadé que les morts de Pouyard, de l'officier de Luxeuil et de Mélanie Lepouy étaient liées, il ne lui restait rien de tangible pour étayer son hypothèse. Il devinait seulement, à travers cette macabre série, la puissance des criminels qu'il traquait, avec si peu de moyens…

— Maintenant, il faut redescendre sur Soissons, cap sur le Chemin des Dames.

— Si la 27ᵉ est encore là-bas.
— On fait le pari ?

Béraud haussa les épaules, la plaisanterie ne l'amusait pas. Depuis le début de leur équipée, Célestin sentait bien que l'évocation de cette sinistre ligne de crête où tant de jeunes soldats étaient déjà tombés le mettait mal à l'aise.

— Et qui va nous emmener là-bas ?
— Me dis pas que t'en as marre de marcher ? Cela dit, bonhomme, t'as pas tort : sans nos laissez-passer, on est marrons !

Germain se gratta le menton sur lequel une barbiche maigrelette s'évertuait à pousser, et grimaça un sourire.

— Pour ça, j'ai peut-être une idée.
— Dis toujours…

Le jeune homme alla de nouveau puiser au fond de ses poches qui semblaient receler d'inestimables trésors, en sortit trois ou quatre feuilles à en-tête et un tampon.

— On peut s'en sortir avec ça, non ?

Célestin s'empara du butin et réchauffa le timbre officiel pour le plaquer sur sa paume. L'insigne du 50ᵉ régiment d'artillerie apparut en bleu pâle sur le réseau de ses lignes de chance.

— Pour sûr, que ça va faire l'affaire. Mais dis donc, bonhomme, le pinard, les feuilles et le tampon, tu t'es bien servi, chez le commandant ! Et j'ai rien vu.
— Comme quoi, j'ai pas perdu la main.
— Il manque juste une plume et de l'encre.
— Faut voir : on est quand même dans une école.

Louise jeta un coup d'œil désabusé sur le bâtiment que les obus allemands n'avaient pas épargné. Une partie du toit était enfoncée, un début d'incendie avait ravagé la charpente et, à travers la croisée sans vitre d'une fenêtre du premier étage, on voyait danser les flocons de neige qui venaient mourir sur le plancher à ciel ouvert.

— Ouais, faut voir.

Ragaillardis par le vin, ils se levèrent et pénétrèrent dans l'école. Le couloir aux murs jaunis donnait sur deux salles de classe. Mis à part les inscriptions grivoises qui se disputaient les tableaux noirs, il n'y avait rien d'intéressant. Le bureau du directeur donnait sur l'arrière. Pillé par les escouades qui s'étaient succédé dans ces locaux dévastés, il offrait le spectacle désolant de meubles éventrés et de tout un bric-à-brac moisi étalé sur le carrelage. Béraud se traça un chemin au milieu des débris et se pencha sur un placard sans porte. Sous la dernière étagère coincée de guingois en travers des montants, un petit carton dont le couvercle bâillait laissait voir des éclats métalliques. Germain l'arracha, faisant s'écrouler l'étagère dans un nuage de poussière. Une vingtaine de petites plumes Sergent-Major s'égaillèrent dans les gravats.

— C'est un bon début. Maintenant, de l'encre et du papier.

Pendant que Louise fixait la plume à une baguette de bois, Béraud dénicha une bouteille d'encre figée par le froid, qu'il réchauffa sur un petit feu improvisé dans la cour. Ils découvrirent enfin une pile de feuilles à en-tête de l'instruction publique dont ils découpèrent le haut. Célestin s'appliqua à rédiger un ordre de mission ainsi qu'un mandat de réquisition d'un véhicule, qu'il glissa dans sa poche intérieure.

— En route, faut pas traîner, bonhomme. Les copains qui ont mis la main sur notre camion vont sûrement faire remonter l'information, et dans pas longtemps la prévôté va débarquer par ici.

— J'ai faim !

— Encore heureux, que t'aies faim : on n'a quasi rien becqueté depuis qu'on est partis !

Profitant d'une bourrasque de neige pour quitter les lieux sans trop se faire voir, les deux poilus reprirent la direction de Roye. En poussant ses investigations jusqu'au premier étage de l'école en partie démoli, Béraud était tombé sur un vieux rideau mité qu'il s'était enroulé autour de la tête, ce qui le faisait ressembler à un touareg dans un désert de neige. L'orage passa rapidement, laissant voir la route désolée, les champs noir et blanc et l'horizon d'un gris de plomb. Les deux poilus avançaient l'un derrière l'autre, d'un pas lourd et machinal, sans plus échanger une parole. Un bruit de sabots les fit se retourner. Une charrette approchait, conduite par un vieux territorial dont la bouffarde fumait comme une cheminée de locomotive. Il transportait du matériel réformé, abîmé par les obus, déjà rouillé. Il s'arrêta au niveau des deux fantassins et leur fit un petit signe de tête. Sous la visière de sa casquette délavée, ses yeux brillaient de malice.

— D'où c'est que vous sortez, vous deux ? Vous tombez de la lune ou quoi ? Vous allez pas faire trois kilomètres que les gendarmes vont vous arrêter comme déserteurs.

— T'y es pas du tout, petit père. On est en mission tout ce qu'il y a d'officiel, et j'ai même un mandat de réquisition pour ta carriole.

— J'aimerais bien voir ça, p'tit gars !

Célestin sortit de sa poche les faux papiers, mais l'autre l'arrêta d'un geste de la main.

— Garde ta paperasse, et moi, je garde ma charrette.

Béraud lança un regard hésitant à Célestin. Le vieux ne semblait pas commode, mais il ne paraissait pas mauvais bougre non plus. Mieux valait trouver un arrangement...

— Peut-être que vous pouvez nous avancer un peu ?

— Ça oui, je peux, mais il y en a un de vous deux qui devra se faire une place avec la quincaille, derrière.

Germain prit une mine résignée.

— J'ai l'habitude.

Il se hissa dans la charrette tandis que Louise s'asseyait à côté du conducteur. Le vieux relança son cheval, une pauvre bête toute maigre qui menaçait de s'effondrer à chaque pas. Il resta un long moment sans rien dire, tirant des bouffées régulières de sa pipe en terre. Le paysage, morne et gris, s'éternisait autour d'eux.

— Une mission officielle, hein ?

Il hocha la tête, pas convaincu.

— C'est pas mon affaire, mais d'ici une demi-heure, on va tomber sur un barrage de gendarmerie, c'est à eux qu'il faudra montrer vos laissez-passer.

— Pour vous dire la vérité, on n'est pas des déserteurs, on est sur une enquête de police, mais il vaudrait mieux que les gendarmes ne nous posent pas trop de questions.

L'autre lorgna sur le col de son manteau.

— À deux gars du 134ᵉ, un régiment qu'a jamais mis les pieds par ici, je comprends...

— Je ne suis pas certain que tu comprennes, l'ancien, mais ça n'a pas d'importance. T'es sûr de ce que tu dis, pour le barrage ?

— Je fais souvent la route jusqu'à Roye, ils sont toujours là, à croire qu'ils n'ont rien d'autre à foutre.

Célestin se retourna vers la charrette où Béraud s'était calé tant bien que mal entre les pièces de ferraille.

— Il y a des pandores pas très loin, sur la route. Qu'est-ce que tu en penses ?

— Si on coupait à travers champs ?

— Vous allez vous perdre, prévint le territorial. J'ai une autre idée.

Il tira la pipe de sa bouche et se tourna à son tour vers Béraud.

— Tu vois la caisse, là, près des fers de pioches ? Tu l'ouvres et dedans tu trouveras des manteaux et des casquettes de la territoriale. Je sais bien que vous avez l'air un peu jeunes pour être enrôlés chez nous, mais avec vos cache-nez, ça fera la rue Michel !

Quelques instants plus tard, quatre gendarmes transis de froid laissèrent passer sans sourciller une carriole de la territoriale avec à son bord trois zigues qui rapportaient des ferrailles... À l'abri dans une grange, les deux poilus quittèrent leurs déguisements, remercièrent le vieux fumeur de pipe et se hâtèrent vers le centre de la petite ville. Une noria de camions s'était mise en place, débarquant des jeunes recrues tout émotionnées de se trouver déjà là, près de la guerre. Tous ces bleus avaient quitté la veille leurs casernes d'instruction mais il y avait eu trop de morts dans chaque village, dans chaque famille, et ils ne se faisaient guère d'illusion sur ce qui les attendait. Les unités expérimentées qu'on repliait se gardaient bien de les plaisanter, chacun tentait seulement au cours du transbordement de trouver un pays porteur de nouvelles fraîches. Célestin s'approcha d'un lieutenant qui supervisait la cohue sans trop s'énerver. Il jeta à peine un œil sur les faux papiers.

— Vous tenez donc tant que ça à nous accompagner au Chemin des Dames ?

— On n'a pas moyen d'y couper, mon lieutenant. Je dois interroger des gars, là-bas.

Un court instant, le jeune officier parut surpris, mais il en avait tant vu en trois ans de guerre qu'il se contenta d'indiquer un camion dont le moteur tournait déjà.

— Faites-vous une petite place dans celui-là.

— Il vous reste des rations ? demanda timidement le petit Germain.

— Pour ça, faudra vous débrouiller. Mais on a encore un soir de repos avant de monter en première ligne, vous mangerez avec notre compagnie.

Célestin se hissa le premier à bord du bahut, puis aida Béraud à prendre place à côté de lui. Les autres soldats se poussèrent sans récriminer, certains dormaient déjà. Personne ne leur posa de questions.

CHAPITRE 8

Le Chemin des Dames

Plus ils approchaient du secteur de Vailly, plus la concentration en hommes et en armements devenait impressionnante. À l'évidence se préparait une vaste offensive de printemps. À plusieurs carrefours, des unités du génie dirigeaient la circulation, et le va-et-vient des convois créait des encombrements. Le passage presque ininterrompu des camions chargés d'hommes ou de matériel avait rejeté sur les bas-côtés la neige noircie par les gaz d'échappement. Le franchissement du pont sur l'Aisne se faisait alternativement dans un sens et dans l'autre. De l'autre côté, Célestin et Béraud, qui étaient restés tout le temps du voyage à l'arrière du camion, près de l'ouverture de la bâche, eurent la surprise de découvrir une trentaine de chars disposés en bon ordre dans un champ. C'était des mastodontes blindés que les officiers surnommaient les « cuirassés de terre », des engins de plus de dix tonnes armés d'un canon de 75 et de deux mitrailleuses latérales. Ils étaient en partie camouflés par des bâches. Leur convoi s'étant garé juste à côté, les deux poilus sautèrent du camion et s'approchèrent des blindés dont les chenilles énormes leur arrivaient à mi-corps. Béraud, surtout, semblait impressionné.

— Avec ça, personne va pouvoir nous arrêter !
— Faut espérer, bonhomme. N'empêche que je ne me sentirais pas trop bien dans un machin pareil.

Des mécaniciens et des armuriers travaillaient encore sur quelques-uns des blindés, et les coups de marteau résonnaient sec dans l'air glacé. Comme un lieutenant s'approchait, Célestin prit Béraud par le bras pour l'entraîner plus loin : dans ces moments de fièvre avant l'attaque, les soupçons d'espionnage s'exacerbaient. Mais à grandes enjambées, le lieutenant les rattrapa. C'était un type immense et maigre, au visage allongé avec un grand nez orné d'une moustache coupée court. Le jeune policier cherchait déjà au fond de sa poche les faux papiers qu'il avait préparés quand l'officier se mit à les questionner non sur leur présence mais sur les blindés. Croyaient-ils à leur efficacité ? Pensaient-ils qu'on pourrait combiner l'infanterie et les blindés pour prendre d'assaut les tranchées ennemies ? Gagné par l'enthousiasme et la confiance du lieutenant, Célestin déclina sa fonction d'enquêteur.

— Les questions que vous nous posez, mon lieutenant, ressemblent fort à celles que j'ai entendues au ministère de l'Armement. Il se trouve que j'ai enquêté sur le vol des plans du petit char Renault[1].

— Vous l'avez rencontré ? demanda le lieutenant d'un ton vibrant.

— Qui ça ?

— Monsieur Renault, bien sûr. Comment est-il ?

1. Voir *L'arme secrète de Louis Renault*, Folio Policier n° 528.

— Très occupé. Mais il réfléchit vite, et il sait voir l'ensemble des problèmes. Je pense que son char nous serait bien utile.

— Comment se présente-t-il ?

— De ce que j'en ai compris, c'est un modèle beaucoup plus petit que ceux-ci, mais spécialement étudié pour la configuration des tranchées. Il est conduit par un seul homme, et armé d'une mitrailleuse.

— Bien sûr ! C'est bien ce que j'ai toujours dit : pour des attaques aussi rapprochées, une mitrailleuse doit suffire. L'essentiel, c'est la maniabilité !

L'officier ne parlait plus à ses deux interlocuteurs, il était parti dans un discours visionnaire et c'était le monde entier, tout au moins l'ensemble de l'état-major, qu'il désirait convaincre. Une estafette s'approchait en courant, manquant de s'étaler dans la neige.

— Lieutenant de Gaulle ? Le commandant Bossut veut vous voir immédiatement.

— Bien, j'arrive.

Il se tourna vers les deux fantassins et leur fit un rapide salut militaire auquel ils répondirent.

— Merci, soldats.

Ils regardèrent s'éloigner dans la grisaille la silhouette interminable du jeune officier.

— Il me rappelle un peu le colonel Estienne, celui qui soutenait à Paris l'utilisation des blindés.

Béraud jeta encore un coup d'œil aux engins surarmés, qui, ainsi groupés, semblaient invincibles.

— N'empêche que, s'ils venaient en première ligne, on se ferait moins découper en rondelles !

Le soir tombait déjà. Dans la cohue des compagnies qui se croisaient, Louise et Béraud tâchaient de trouver un indice de la présence de la 27ᵉ compagnie de leur régiment, supposée mutée au Chemin des Dames. Deux jeunes poilus, aussi harassés qu'eux, vinrent à leur rencontre et les dévisagèrent avec surprise.

— Salut ! Vous êtes du 134ᵉ ?

Célestin et Germain se contentèrent d'acquiescer.

— On est du 53ᵉ, notre régiment a été décimé à Verdun, on vient vous renforcer. Ils nous ont éparpillés un peu partout... Vous êtes à Soupir, c'est ça ?

— Si tu le dis, bec de puce !

— Soupir... C'est pas un nom, ça !

Célestin et son compagnon échangèrent un regard d'intelligence : ils savaient désormais où ils se rendaient. Ils prirent tous les quatre la route de Soupir. Arrivés à Chavonne, en contrebas du moulin de la Noue, une compagnie d'artilleurs montait mettre ses pièces en batterie. Il allait faire nuit, tout sombrait dans une grisaille uniforme, et le défilé des canons de 75 tirés par les gros percherons avait quelque chose d'une danse macabre, que soulignait encore le grincement des essieux. Les hommes allaient, silencieux, on ne voyait d'eux que des silhouettes noires, fantômes résignés à survivre dans le fracas des bombes. Des canonnades sporadiques leur arrivaient de derrière les collines. À l'embranchement, tandis qu'un peu plus bas, en partie masquées par les arbres nus qui longeaient le chemin de halage, des lampes sourdes signalaient la présence de barges sur le canal, les quatre fantassins prirent à gauche. Un kilomètre plus loin, ils tombèrent sur leur compagnie qui avait pris une position de repli dans les débris du village. Les deux biffins de la 53ᵉ se précipitèrent sur une roulante où chauffait une marmite de soupe. Célestin poussa Germain derrière un coin de mur de ce qui avait pu être une grange.

— Pas question de se montrer aux officiers. Quand on était au lac, t'as jamais rencontré un zigue de la 27e ?

— Si, un caporal qui se disait très fort aux cartes. Je l'ai rincé en trois coups de cuillère à pot, je pense pas que ce serait une bonne idée d'aller le trouver...

Célestin réfléchit.

— Il faudrait que tu nous déniches deux Lebel. On va se mêler au gros de la troupe sans trop se faire remarquer, et puis on avisera. Le tout, c'est d'arriver à causer tranquillement avec quelques gars.

— C'est ça, votre plan ?

— Je t'ai pas demandé de commentaires. Et puis si tu as une idée plus brillante...

Béraud fit non de la tête. Il hésita à envoyer une blague à Célestin, puis tourna les talons et disparut dans la nuit. Louise s'assit contre le pan de mur, se roula une cigarette et fit défiler dans son esprit la progression de l'enquête. Le témoignage des gars de la 27e compagnie était déterminant. À condition qu'ils acceptent de parler. Or, certains d'entre eux devaient forcément être impliqués dans le trafic, corrompus ou terrorisés par leurs supérieurs. Célestin manquait d'arguments : il ne pouvait ni les amadouer, ni les effrayer. Une nouvelle fois, il devait faire confiance à la chance. Engourdi par le froid, il regardait monter les volutes de fumée et se surprit à penser à Éliane, à la petite Sarah, et aussi à sa sœur Gabrielle. Ici, au cœur de cette guerre menée dans des conditions inimaginables, l'idée de la tendresse des femmes paraissait déplacée, comme une légende qu'on se raconte sans y croire. Et puis les douceurs du passé, il fallait les oublier, c'était du poison qui vous coupait les jambes. Seul le jour qui venait importait, encore un jour à tenir debout, vivant. Le retour de Germain interrompit ses réflexions. Il avait les deux fusils, il en donna un au policier. Il semblait très nerveux.

— Tu as eu des ennuis ?

— Pour les flingots, non. Mais il y a un pépin : toute la compagnie remonte en première ligne. D'après le cuistot, on tenterait une sortie demain matin.

— Tu sais, ce que disent les cuistots...

— Moi, ce que je sais, c'est qu'ils ont souvent raison.

— De toutes façons, maintenant qu'on est là, on va suivre le mouvement.

Effectivement, la troupe s'agitait en tout sens, on refaisait les paquetages, les sections se reformaient, les officiers criaient des ordres impatients. Les deux arrivants se mirent en queue d'une colonne qui montait en ligne. Ils furent bientôt deux ombres parmi les autres ombres, trébuchant en pestant sur les rondins au fond d'un petit chemin, glissant dans les flaques de boue, se cognant sur des morceaux de ferraille qui pointaient hors du sol. Bientôt, des balles se mirent à siffler à leurs oreilles tandis que des obus explosaient à quelques dizaines de mètres devant eux. Quelques marches taillées dans le sol permettaient d'accéder à la tranchée. Dans l'obscurité glaciale que dissipait parfois l'éclair d'un obus éclatant tout près, ils se bousculèrent jusqu'à leurs positions. Célestin avait choisi de suivre la section qui les précédait. Le lieutenant s'en rendit compte, ils prétendirent avoir été amenés en renfort.

— Bon, je m'en fous, désormais vous êtes sous mes ordres. Vous allez prendre votre tour de garde au petit poste qui se trouve juste après le coude, là-bas. Faites gaffe, les Boches sont très nerveux par ici. En face, on a la garde prussienne, un régiment d'élite, c'est des fous !

Continuant leur progression chaotique vers le petit poste, Célestin et Germain durent jouer des coudes en s'attirant force jurons pour arriver jusqu'au petit poste. Il était situé à la pointe extrême de la tranchée, en avant d'un léger saillant, protégé par une triple rangée de barbelés et couvert, un peu en arrière, par une mitrailleuse. Il était heureusement aménagé d'après les récentes instructions d'un général moins ignorant que les autres, et muni d'une plaque de tôle et d'une toile métallique pour arrêter les bombes et les grenades. Quelques marches renforcées de rondins de bois permettaient d'accéder à une sape creusée profondément où les sentinelles pouvaient s'abriter. Mais dans cette position avancée, il fallait impérativement utiliser les périscopes pour surveiller le champ de bataille. Une fusée éclairante permit aux deux poilus de prendre position dans la sape et de s'installer au mieux pour leur garde. Des rafales de mitrailleuses, des salves de Mauser, des explosions d'obus de mortier se succédaient dans la nuit. Dans un court laps de silence, Béraud glissa à Célestin :

— Vous entendez ce raffut ? Moi, des fois, je me dis que c'est comme une musique.

— Alors, écoute-la bien, parce que demain matin elle te fera danser !

Ils passèrent ainsi une bonne partie de la nuit dans le fracas des bombes, les yeux fixés à travers les périscopes sur une bande de terre dévastée que des fusées, parfois, inondaient de lumière crue. Vers quatre heures du matin, une pluie fine et glaçante se mit à tomber. On les releva. Célestin en profita pour poser deux ou trois questions aux deux types qui venaient les remplacer, ils échangèrent d'abord quelques phrases pour évoquer leur précédente affectation au lac des Soyeux. Tous les quatre s'accordaient pour regretter cette position relativement calme.

— Il y a quand même un de vos bonshommes qui s'est fait assassiner au bord du lac, un nommé Pouyard, je crois.

— Oui, je me souviens de cette histoire, gueula un des arrivants pour couvrir le bruit d'une explosion. C'était un zigue de la 2e section. Maintenant, va-t'en savoir pourquoi, on leur mène une vie d'enfer !

— C'est vrai, ça, dès qu'il y a une mission dangereuse, c'est eux qu'on envoie direct. Ils ont déjà perdu quatre bonshommes.

— D'un autre côté, comme ça, nous autres, on est plus pénards ! Chacun sa merde...

Le sifflement d'un nouvel obus couvrit en partie cette conclusion philosophique et résignée. L'explosion les secoua tous les quatre. Célestin et Béraud se retirèrent du petit poste et allèrent se blottir dans le bout de tranchée occupé par la section. Au bout de quelques secondes, malgré le froid, malgré le bruit, ils avaient sombré dans un sommeil agité, peuplé de cauchemars et d'images de sang.

Ils furent réveillés par un caporal qui les secouait sans ménagement. Encore engourdis de sommeil et de froid, ils reçurent une ration d'alcool, celle qui préludait aux assauts. Un mot d'ordre passa dans les rangs tandis que se déchaînait l'artillerie : l'attaque aurait lieu à sept heures trente. La pluie tombait maintenant avec violence, rebondissait sur les casques et se glissait dans les cols des capotes, transformant peu à peu la tranchée en bourbier. On se mit debout sur les banquettes de tir, on appliqua sur les parois de la tranchée les échelles d'assaut. Les canons s'étaient tus. Les hommes, pâles d'angoisse et de fatigue, marmonnaient des prières, des menaces, des jurons, ou restaient silencieux. C'était le moment fatidique d'un nouveau rendez-vous avec la mort, et les hommes, dont les mains se crispaient déjà aux montants des échelles ou sur les crosses des fusils, savaient que beaucoup d'entre eux laisseraient la vie dans cet assaut. Chacun se raccrochait à de menus signes, mystérieuses correspondances dans lesquelles il voulait deviner une promesse de survie. L'ordre d'attaque sonna, sec, dans le crépitement de l'averse et, lieutenants en tête, les sections s'élancèrent vers les lignes ennemies. De nouveau, ce fut un chaos de ferraille et de boue, les cris et la fumée des obus sous les balles des mitrailleuses, les soldats qui tombaient d'un coup, comme des pantins démantibulés. Louise et Béraud progressaient comme les autres, se laissant tomber dans des trous d'obus puis gagnant encore quelques mètres avant de trouver un pauvre abri qui n'était, parfois, que le corps sans vie d'un de leurs compagnons. Il fallait croire que, cette fois, les artilleurs avaient bien calculé leur tir car les défenses ennemies étaient en miettes. Déjà, les premiers poilus balançaient des grenades dans les tranchées boches et s'avançaient, baïonnette au canon. Dès que les mitrailleuses furent neutralisées, les Allemands se rendirent par dizaines, levant les mains en criant :

— *Kamarade ! Kamarade !*

À huit heures trente, la première ligne était prise et, malgré une contre-attaque allemande, occupée par les escouades d'assaut de la 27e compagnie. Un capitaine demanda des volontaires pour ramener les prisonniers allemands dans les lignes françaises. Célestin et Béraud se proposèrent. Ils repartirent donc vers l'arrière, encadrant, avec une demi-douzaine d'autres poilus, la petite troupe de prisonniers. Ceux-là marchaient les yeux baissés, les bras en l'air, tombant dans les trous d'obus et se relevant sans un mot, soulagés au fond que, pour eux, la guerre fût finie. Quel que fût le sort qui les attendait désormais, il ne pourrait pas être pire que l'enfer qu'ils avaient connu dans les tranchées. Autour d'eux, des infirmiers emportaient les blessés sur des civières. Au cours de l'attaque, deux de ces brancardiers avaient été tués net par une rafale de mitrailleuse, et le blessé qu'ils emportaient continuait à geindre en perdant son sang. Célestin se pencha sur lui.

— On va t'emmener, bonhomme.

Il fit signe à Germain. Glissant à leurs manches les brassards blancs à croix rouge des infirmiers morts, ils abandonnèrent le convoi des prisonniers et emportèrent le blessé qui poussait un cri de douleur à chaque cahot. Redescendus dans la tranchée, ils suivirent deux autres brancardiers qui se frayaient leur chemin dans la cohue d'une nouvelle compagnie montant en renfort. Le poste de secours se trouvait à quelques centaines de mètres de la deuxième ligne, dans un abri ménagé à flanc de coteau. Là, les éclopés étaient déposés en ligne près de l'entrée, avant d'être pris en charge par un médecin exténué assisté de deux infirmières revêches tout aussi épuisées. Louise et Béraud posèrent le brancard. Soulagé de ne plus avoir à supporter les heurts du voyage, le blessé esquissa un geste de la main avant de laisser retomber son bras. Béraud sortit de sa poche un paquet de tabac et le montra, le pauvre type réussit à faire « oui » de la tête. Quand Germain lui eut glissé la cigarette roulée entre les lèvres et qu'il eut aspiré une première bouffée de tabac gris, il parut se détendre.

— Qu'est-ce qu'on est venus foutre ici ?
— On était mieux à Chamblay, pas vrai ?
— Sûr. Vous êtes de quelle section ?
— On est de la 22e compagnie, on vient juste d'arriver.
— Alors vous aussi, ils vous ont déplacés dans ce merdier ?

Il eut une grimace de douleur, ses doigts se crispèrent sur la cigarette. Célestin évita de répondre à la question.

— Tu connaissais Pouyard, le type qu'on a retrouvé poignardé au bord du lac ?
— Ben oui, il était aussi dans notre section. Pauvre Blaise !

Le blessé prit une nouvelle bouffée de cigarette puis, d'un coup, son teint vira au gris. Tout son corps fut secoué d'un spasme, du sang lui perlait à la commissure des lèvres. Il peinait à trouver sa respiration.

— Je vais y passer, siffla-t-il, je tiendrai pas ce coup-ci...

Déjà, on pouvait lire la mort sur son visage. Il avait lâché sa cigarette et jetait un regard perdu vers le ciel plombé.

— Hé, les gars... Je vois plus rien... Je vois plus rien !
— Ça va aller, bonhomme, le chirurgien va te prendre tout de suite.

Célestin regarda Béraud, comme pour lui demander la permission d'interroger le mourant. Ce fut Germain qui se pencha sur la civière.

— Blaise Pouyard... Qui c'est qui l'a tué ?

— Blaise... murmura le blessé. Il voulait pas marcher dans la combine...

— Quelle combine ? Les armes ? intervint Célestin.

— Il aurait pu partir en permission, comme nous autres. Mais il voulait pas. Il disait que c'était dégueulasse, qu'on n'avait pas le droit...

— Pas le droit de vendre des armes aux Boches ?

— Mais qu'est-ce qui n'est pas dégueulasse, dans ce tas de souffrance ? poursuivait l'autre, déjà perdu dans son délire. On a pu rentrer chez nous à Noël... J'ai vu mon petit Gérard, on dit qu'il me ressemble...

Des larmes lui coulaient sur les joues. Il fit un geste comme pour attraper quelque chose dans la poche de sa vareuse, puis sa main retomba dans la boue. Il était mort. Le médecin fit irruption hors de la tente et s'arrêta devant la rangée de brancards qu'il observa d'un air accablé. Il se tourna vers Louise.

— Faut que vous retourniez à Vailly. Une ambulance doit partir tout à l'heure pour venir prendre ceux qui sont encore en état d'être transportés à l'hôpital. Il faut qu'elle m'apporte des sulfamides, des gazes et, s'il en reste, du chloroforme. Essayez de voir avec le PC... enfin, démerdez-vous. Dites que c'est pour le major Le Breton.

— Bien, major.

Les deux soldats saluèrent puis, portant toujours leurs brassards d'infirmiers, reprirent la route de Vailly.

La pluie s'était transformée en grésil. Les deux hommes avaient l'impression d'avancer à travers un voile de glace qu'ils écartaient à chaque pas et qui se reformait au fur et à mesure devant eux. Sous les nuages presque noirs, au milieu des terres ravagées sur lesquelles la neige avait posé ses fragiles bandes blanches et que même les corbeaux désertaient, isolés par le manteau de gel qui leur tombait du ciel, ils n'étaient plus nulle part. Parfois, un souffle de bise soulevait sur les talus une dentelle translucide aux entrelacs fantastiques où l'on aurait pu voir danser des esprits malins. Soudain, précédée par le halo jaunâtre des phares à acétylène, une automobile de l'armée apparut devant eux. Ils s'écartèrent pour se mettre à l'abri dans le fossé qui longeait la route. À leur grande surprise, la voiture stoppa devant eux. C'était un modèle à conduite extérieure au volant de laquelle un chauffeur gigantesque disparaissait derrière le col relevé de son manteau de cuir. Il portait des lunettes, une casquette à visière et, dans ses énormes mains gantées, le volant semblait tout petit. Deux militaires sortirent de la cabine arrière et se précipitèrent sur Germain et Célestin. L'un d'eux brandissait un revolver.

— Montez dans la voiture sans faire d'histoire.

— Qu'est-ce que c'est ? protesta Louise. Nous ne sommes pas des déserteurs !

— On s'en fout ! Allez, grimpez là-dedans !

Le second soldat avait lui aussi sorti une arme, il était inutile de résister. En traînant des pieds, les deux poilus se dirigèrent vers le véhicule au volant duquel le chauffeur, les yeux fixés sur le paysage gris, n'avait pas même tourné la tête vers eux. Leurs deux agresseurs les bousculèrent pour leur faire hâter le mouvement. Ils se retrouvèrent par terre, sur le plancher de la cabine. Les deux autres montèrent derrière eux et n'avaient pas encore claqué les portières que l'automobile redémarrait, manœuvrant en travers de la route pour faire un demi-tour.

— Qu'est-ce que vous nous voulez ? demanda Célestin, sans obtenir de réponse.

— Vous vous trompez ! Vous faites une erreur ! Ce n'est sûrement pas nous que vous cherchez ! protesta énergiquement le petit Béraud.

La seule réaction de leurs ravisseurs fut de sortir des menottes et de les passer aux poignets des deux prisonniers.

— Célestin Louise, Germain Béraud, 134e régiment d'infanterie, 22e compagnie, 3e section. Qui est-ce qui se trompe ?

— Et alors ? On va où, comme ça ?

— Vous le saurez assez tôt. Qu'est-ce que vous faisiez sur cette route ?

— Nous sommes en mission. Vous pouvez vérifier, j'ai des papiers.

— Fais voir...

Le type semblait presque s'amuser. C'était un grand blond mince, aux cheveux d'une longueur non réglementaire, au regard clair et vif, avec toujours un demi-sourire au coin des lèvres. Il déplia lentement les faux ordres de mission de Célestin, y jeta tout juste un coup d'œil avant d'éclater de rire.

— Vous voulez peut-être réquisitionner notre véhicule ?

— Et pourquoi pas ?

— Te fous pas de notre gueule, fit l'autre, un moustachu râblé qui portait son calot de travers, en se mettant à déchirer les faux en tout petits morceaux. Deux fantassins porteurs d'un ordre de mission avec le cachet du 50ᵉ d'artillerie, t'as vu jouer ça sur les Boulevards, zigoto ?

Béraud regardait avec désolation la petite neige de papier qui s'éparpillait devant eux. Aux cahots de la voiture, Célestin devinait qu'ils avaient pris de la vitesse. À un moment, ils s'arrêtèrent, il y eut des voix, et même un coup sur la carrosserie. Un barrage. Et puis ils repartirent. Ils roulèrent ainsi pendant un laps de temps que Célestin évalua à plus d'une heure. Par deux fois, il tenta d'engager la conversation avec leurs agresseurs, sans rien obtenir que de mauvaises plaisanteries. De toute évidence, les deux militaires se divertissaient beaucoup de cet enlèvement et ne manifestaient pas la moindre inquiétude. À aucun moment, ils ne baissèrent la vitre métallique pour regarder au-dehors. Ils fumaient des cigarettes anglaises qu'ils se gardèrent bien de proposer à leurs prisonniers. Il sembla à ces derniers que l'automobile bifurquait brusquement. Ce fut ensuite une série de cahots, ils avaient quitté la route et s'avançaient sur un chemin.

— On arrive ? demanda Célestin.

— Tout juste, Auguste !

Ils devaient être à moins de cent kilomètres du front, sans qu'il leur fût possible de déterminer dans quelle direction ils étaient partis. La voiture stoppa dans un grincement de freins. La portière s'ouvrit, laissant apparaître le chauffeur. C'était effectivement un colosse. Il resta immobile, le temps que les deux autres ôtent les menottes à leurs prisonniers. Tout ankylosés, étroitement surveillés, Louise et Béraud s'avancèrent sur une allée de gravillons dont ils devinaient les courbes dans la nuit tombante. Le vent était tombé mais il faisait encore un froid vif qui prenait aux joues et glaçait le front. Au bout de l'allée, la masse plus sombre d'une maison de maître. Seule une des fenêtres du rez-de-chaussée était éclairée, masquée par un voilage. Sur les marches du perron, on avait balancé du sable pour faire fondre le verglas. Le chauffeur actionna trois fois la chaîne rouillée d'une sonnette. Un judas s'ouvrit dans la lourde porte de bois, puis se referma d'un coup sec. On actionna la serrure puis un verrou de sécurité. Enfin, la porte pivota, laissant apercevoir un corridor assez coquet à peine éclairé par une veilleuse. Un homme en uniforme d'officier fit entrer les arrivants et referma soigneusement derrière eux.

— Venez par ici.

Célestin et Germain furent poussés dans un salon confortable, ils reconnurent les voilages qu'ils avaient vus du dehors. Les deux soldats les avaient suivis, le chauffeur avait disparu dans un petit escalier qui descendait au sous-sol.

— Le général est là ? demanda le grand blond.

— Un moment, je vais le chercher. À vrai dire, on ne vous attendait pas si tôt. Vous avez eu de la chance.

— Ça fait aussi partie du métier !

Célestin avait renoncé à comprendre. Au contraire de ce qu'il avait redouté, du moment où ils étaient arrivés dans la demeure mystérieuse, leurs agresseurs avaient paru se détendre. C'était tout juste s'ils ne faisaient pas preuve d'une certaine déférence à leur égard. On leur offrit même des cigarettes qu'ils refusèrent. Il détailla la pièce. Au-dessus de la cheminée, où brûlait un bon feu, une grande peinture de paysage évoquait un paradis bucolique où bergers et bergères se poursuivaient sous de lumineuses frondaisons. Un bruit de pas l'arracha à sa contemplation. Une silhouette apparut à la porte du salon, et s'immobilisa sur le seuil. L'homme souriait. C'était le général Vigneron.

CHAPITRE 9

Une ténébreuse affaire

Célestin ne s'était pas encore remis de sa surprise que, déjà, le général s'avançait vers lui en souriant.

— Célestin Louise ! s'exclama-t-il en lui serrant la main. Dites donc, ça n'a pas été une partie de plaisir de vous retrouver !

Il se tourna ensuite vers Béraud qu'il salua avec la même chaleur.

— Et je suppose que c'est vous, Germain Béraud, le fidèle acolyte ?

— Mon général... balbutia le petit Germain, impressionné.

Vigneron savoura la surprise des deux poilus avant de leur proposer des fauteuils. Il s'assit lui-même en face d'eux.

— Je pense que vous souhaitez quelques explications ?

— Vous nous cherchez depuis longtemps ? demanda Louise.

— J'ai d'abord appris que vous étiez portés disparus, ce qui m'a fort attristé. Et puis j'ai eu communication d'un rapport de la gendarmerie de Reims : deux individus se faisant passer pour vous avaient vandalisé un local de la gare avant de s'enfuir à bord d'un camion volé. Le récit que faisaient les gendarmes de ces événements m'a fait penser que vous étiez peut-être réapparus.

Un des aides de camp du général, l'officier blond, entra, porteur d'un plateau chargé d'alcools.

— Un verre vous ferait plaisir ?

Célestin prit un porto, Béraud une gentiane. Le général Vigneron, whisky à la main, continua :

— Une rapide enquête au lac des Soyeux m'a confirmé dans mon intuition. Deux poilus du 134ᵉ avaient justement traversé les lignes un peu en amont. J'ai ainsi reconstitué votre périple, et j'ai pensé que, tout simplement, vous poursuiviez votre enquête.

— Ce qui est exact, mon général.

— C'était pourtant l'hypothèse la plus extravagante ! Qu'est-ce qui vous a poussés à continuer ?

— D'abord, c'est une mission que vous nous aviez confiée. Ensuite, il s'est avéré que mes démarches n'étaient pas passées inaperçues, et que je dérangeais. Un camion a tenté de m'écraser à Luxeuil.

— Oui... J'aurais dû vous mettre en garde...

— Contre quoi, mon général ?

— Vous ne saviez pas où vous mettiez les pieds. Nous avons affaire à un trafic d'envergure, avec des ramifications très haut placées.

— C'est ce que j'ai fini par deviner. Et c'est aussi pour cela que nous n'avions plus le choix : il fallait aller jusqu'au bout, nous n'avions plus la possibilité de revenir en arrière.

Vigneron sirota une gorgée de whisky, observa un instant les flammes qui dansaient dans l'âtre, puis revint à Célestin.

— Et quelles sont vos conclusions, inspecteur Louise ?

— Des conclusions... J'ai pu mettre au clair la façon dont s'organisaient les trafiquants d'armes. Les cargaisons arrivaient par camions jusqu'à Chamblay. Elles traversaient ensuite les lignes, les nuits sans lune, grâce à la complicité d'une section spécialement postée ce jour-là. Elles étaient embarquées, probablement sur un bac, et conduites sur la rive opposée où les Allemands n'avaient plus qu'à les décharger et à les emporter dans leurs lignes.

— Excellent ! Vous aurez sans doute compris que je n'étais pas à Chamblay par hasard. Nos services de contre-espionnage ont eu vent du trafic, sans pouvoir apporter de preuves ni coincer qui que ce soit. Quand le nommé Pouyard a été assassiné, j'ai supposé que cela avait à voir avec l'enquête que je menais, c'est pourquoi j'ai insisté pour que vous soyez chargé des investigations.

— Effectivement, le pauvre Blaise Pouyard avait surpris le manège de ses camarades et, soit frayeur, soit patriotisme, avait refusé d'y collaborer. Nous avons pu recueillir les confidences d'un type de sa compagnie, juste avant qu'il meure.

— Beau travail. La mutation de cette compagnie au Chemin des Dames n'est pas un hasard, vous le devinez. Ils sont là-bas pour se faire massacrer jusqu'au dernier.

— Vous n'avez pas pu intervenir ?

— Non, pour deux raisons. La première, c'est que je ne veux pas me manifester directement tant que je n'ai pas démasqué l'ensemble du réseau. Beaucoup de gens ne m'aiment pas, au sein de l'armée. Il existe malheureusement des rivalités aussi ridicules que féroces entre nos services. Un faux pas de ma part, et je pourrais très bien rejoindre à Limoges les généraux que Joffre a sanctionnés. La seconde, c'est que ces ordures sont couvertes par des gradés haut placés. C'est ce qui explique, par exemple, la mutation inopinée de la 27ᵉ compagnie. Je pense même que la tête se trouve au grand état-major, à Paris.

Ces derniers mots résonnèrent dans la vaste pièce, laissant planer le doute et la menace.

— En somme, résuma Célestin, vous nous avez laissés enquêter à votre place ?

— Vous pouvez considérer les choses de cette façon. En fait, je ne pensais pas vous perdre de vue si brutalement. Vous avez un véritable talent pour disparaître de la circulation !

L'apéritif fut suivi d'un dîner simple et bon. Le chauffeur se révéla un excellent cuisinier. Les trois autres jeunes officiers qui entouraient Vigneron formaient à l'évidence une équipe soudée et toute dévouée à ses ordres. Le général interrogea souvent Célestin, il voulait tout savoir de ses enquêtes, de son passé d'inspecteur, de sa récente incorporation aux Brigades du Tigre. De son côté, le jeune policier ne cachait pas sa curiosité pour l'organisation que chapeautait Vigneron.

— Nous formons une division spéciale des services de contre-espionnage. Mon unité est relativement indépendante, elle prend ses ordres directement du ministère de la Défense nationale. C'est à nous que reviennent les enquêtes internes, ce qui explique l'animosité que nous déclenchons. Mais il nous arrive aussi de nous occuper directement d'affaires brûlantes.

— Dans le cas qui nous occupe, mon général, il y

a forcément des connexions avec l'Allemagne. Ont-elles eu lieu sur le front ou à Paris ?

— Curieusement, c'est le maillon de la chaîne qui nous intéresse le moins. Il est même possible que cela se soit fait de façon fortuite, une fois que tout le trafic a été mis en place. Il suffisait de trouver un endroit de passage, et de compromettre un ou deux officiers et quelques soldats.

— Avant de les envoyer à la boucherie, pour effacer toute preuve du trafic...

Il y eut un silence. L'officier qui les avait accueillis remit deux bûches dans la cheminée, envoyant danser au plafond les reflets fauves du feu.

— Et maintenant ?

— Maintenant ? répéta le général, maintenant, je vais encore avoir besoin de vous. Mais nous en reparlerons demain. Je vous ai fait préparer une chambre, un bain vous attend, ainsi que des chemises propres. Je suppose que vous avez des poux ?

Il avait dit cela d'un ton naturel, tranquille et sans moquerie, comme une évidence. Célestin et Germain se regardèrent, embarrassés.

— Vous trouverez tout ce qu'il faut dans votre salle d'eau. Messieurs...

Le général Vigneron se leva, dépliant sa longue silhouette maigre. Les deux poilus se levèrent aussitôt, en faisant le salut réglementaire que l'officier leur rendit d'une façon plus nonchalante. Célestin se rappela alors la pellicule de photographies que lui avait confiée le père Lepouy. Il la sortit de sa poche et la confia au général.

— Nous allons la développer immédiatement. Merci.

Un de leurs deux ravisseurs, le moustachu qui répondait au nom de Joseph Le Gall, les conduisit au premier étage de la grande maison. Leur chambre, meublée de quatre lits de fer, avait été chauffée. Un cabinet de toilette assez vaste mettait à leur disposition un large lavabo, une baignoire remplie d'eau fumante, des savons, des onguents de toutes sortes et des serviettes. Béraud détestait les bains, il se lava au lavabo tandis que Célestin se plongeait avec délice dans l'eau très chaude.

— Qu'est-ce qu'il va encore nous demander ? s'inquiéta le petit Germain.

— À mon avis, il sait qu'ils sont surveillés, lui et son équipe. Il évolue dans un monde où il ne peut plus faire confiance à personne. Il va nous demander de continuer l'enquête, tout en restant discrètement en contact avec nous.

— Pourquoi nous ?

— Parce qu'on a commencé et qu'on est les mieux placés pour finir. Et aussi parce que nous sommes moins repérables.

— Moins repérables, mon œil ! Il nous a bien remis le grappin dessus, le général.

— C'est vrai. Mais il y a aussi le fait que nous sommes plus libres de nos mouvements : actuellement, nous ne dépendons plus de personne. Il y en a même qui doivent nous croire morts.

— C'est pas forcément rassurant.

— Tu préférerais qu'on retourne au Chemin des Dames pour donner un coup de main aux copains ?

Béraud se contenta de bâiller. Il fit un tas de ses vêtements, remarqua les deux costumes civils qui les attendaient sur un fauteuil, enfila une tunique de coton posée sur un des lits et se coucha. Quelques secondes plus tard, il dormait à poings fermés.

Ce fut dans la même automobile, avec le même chauffeur, qu'ils gagnèrent Paris. Cette fois, Célestin et son compagnon n'étaient pas menottés. Assis en face du général Vigneron et d'un de ses lieutenants, ils se faisaient expliquer les grandes lignes de leur mission.

— Hier soir, commença le général, vous m'avez raconté le meurtre de Luxeuil, lorsque votre contact à l'état-major a été assassiné au lieu de rendez-vous qu'il vous avait donné. Êtes-vous certain des derniers mots qu'il a prononcés ?

— Certain… Ce n'était plus qu'un murmure, mon général, mais j'ai bien entendu « Saint-Roch ». J'ignore s'il parlait de l'église, de la rue, ou d'un quelconque petit village…

— Rien de cela.

La voix du général avait pris un ton plus grave.

— Le colonel Edmond Saint-Roch est un des hommes les plus brillants de notre grand état-major. Issu d'une famille de militaires, il a su utiliser ses relations pour se concilier à la fois les bonnes grâces des politiques et celles des officiers supérieurs, ce qui lui a permis de faire une carrière fulgurante.

— C'est lui qu'il faut que nous allions voir ?

— Détrompez-vous, Louise : c'est lui qu'il va vous falloir surveiller.

Célestin et Germain se regardèrent, interloqués. Vigneron poursuivit.

— Pour l'instant, je n'ai que des présomptions : le personnage est trop malin pour laisser traîner des preuves derrière lui. Mais il est le seul, compte tenu de sa position, à avoir été en mesure de mettre en place un trafic d'une telle envergure. C'est lui qui contresigne les commandes d'armement et veille à leur affectation. D'autre part, il a la haute main sur les déplacements d'unités.

— Il n'y a personne au-dessus de lui ?

— En principe, le colonel Saint-Roch est sous les ordres du général Allègre, un incapable en fin de carrière qui aurait déjà pris sa retraite si nous n'étions pas en guerre. Il est trop content de tout déléguer à Saint-Roch.

— Ce colonel Saint-Roch, vous n'êtes pas allé l'interroger directement ?

— Ce serait une double erreur. D'abord, j'éveillerais ses soupçons et perdrais ainsi toute chance de prouver sa culpabilité. Ensuite, comme je vous l'ai dit, je ne suis pas en odeur de sainteté dans tous les services, et les appuis dont il dispose au sein de la hiérarchie pourraient très bien me valoir d'être mis à l'écart.

Il y eut un silence. L'automobile filait, les secouant parfois dans les virages que le chauffeur prenait à toute allure. Célestin commençait à mieux mesurer les ramifications de son enquête. Il avait l'impression d'une gigantesque poupée russe dont les figurines s'emboîtaient jusqu'à la dernière, la plus petite, mais en l'occurrence la plus dangereuse.

— Et par où devons-nous commencer ? interrogea Célestin.

— Les traces, il y a forcément des traces. Ce trafic dure depuis plus de six mois et, d'après mes estimations, il a dû rapporter au bas mot un million de francs-or à Saint-Roch.

Le petit Béraud ouvrit de grands yeux : l'ampleur de la somme dépassait son imagination.

— Bien entendu, il a des frais : la logistique et, surtout, la corruption. Il doit quand même lui rester la moitié de la somme. Mais une organisation de ce type nécessite forcément une comptabilité, fût-elle rudimentaire. C'est sur ce document qu'il faut mettre la main.

— Nous pourrions aussi solliciter des témoignages ?

— Et qui parlera ? Des sous-fifres qui ne savent même pas d'où leur tombe l'argent ? D'improbables prisonniers allemands ?

— Il y a au moins un intermédiaire qui doit connaître l'identité de Saint-Roch.

— C'est exact, et cet intermédiaire, vous l'avez déjà rencontré...

Célestin releva la tête, intrigué.

— Il s'agit tout simplement de ce brave colonel Tessier.

Il y avait une telle ironie, un tel mépris, dans la voix du général que le jeune policier faillit éclater de rire. De plus, malgré la gravité de l'accusation, imaginer cette ganache en traître à son pays avait quelque chose de cocasse.

— Mais lui aussi, il aurait fallu le prendre en flagrant délit, et je ne possède pas les effectifs suffisants pour monter une opération d'une telle envergure. Seul un coup de filet simultané à Paris, au PC de Chamblay et sur les bords mêmes du lac des Soyeux aurait permis de mettre fin au trafic. Saint-Roch se méfie déjà et il a fait muter la compagnie incriminée sur un secteur exposé, au Chemin des Dames. Mais j'ai de bonnes raisons de croire qu'il trouvera tôt ou tard un nouveau terrain d'action. C'est pour cette raison que je veux le mettre hors d'état de nuire dans les plus brefs délais.

— Qu'est-ce qui vous fait penser qu'il va recommencer, mon général ?

— Saint-Roch a besoin d'argent. De beaucoup d'argent.

— Le jeu ?

— Non, les femmes. Ou plutôt, une femme, une artiste de music-hall qui se fait appeler Lola Lola. Elle le mène curieusement par le bout du nez et lui fait cracher des fortunes. Il semble qu'il tienne énormément à elle.

— Tout le monde a son point faible.

— Sans doute... Pour le moment, je n'ai pas souhaité non plus intervenir auprès d'elle, mais ça reste une possibilité. À jouer avec beaucoup de prudence.

La voiture stoppa en rase campagne, ils descendirent se dégourdir les jambes pendant que le chauffeur remplissait le réservoir d'essence. Il faisait gris et froid, des nuages noirs, menaçants, se poursuivaient en modifiant sans cesse leurs formes monstrueuses. Le petit Béraud, impressionné par tout ce qu'il venait d'entendre, ne disait pas un mot. Célestin réfléchissait aux révélations de Vigneron et à la meilleure façon de poursuivre l'enquête. Le général avait allumé une cigarette qu'il fumait en regardant le ciel triste. Il s'approcha.

— En somme, conclut Louise, nous avons deux cibles potentielles : la plus inaccessible, Saint-Roch lui-même, et la plus imprévisible, cette Lola Lola...

— Vous en oubliez une troisième : le colonel Tessier.

Vigneron sortit un papier de la poche de son manteau.

— Il vient de partir en permission à Paris. Voici le double de sa demande, j'ai heureusement encore des contacts fiables dans la plupart des services.

Il fit un signe au jeune lieutenant blond qui les accompagnait.

— Julien va vous procurer des armes et vous donner tous les renseignements nécessaires : noms, adresses, disposition des lieux, ainsi que le protocole à suivre pour me contacter dès que vous aurez du nouveau. J'ai besoin de preuves, à vous de me les rapporter.

L'aide de camp confia au policier un dossier à chemise bleu marine, en lui précisant qu'il devait le détruire dès qu'il en aurait pris connaissance.

— Il y a aussi les photos que vous nous avez confiées.

— Qu'est-ce qu'elles montrent ?

— Elles ont été prises de nuit, sans lune. On y distingue seulement des ombres s'affairant autour de caisses à peine éclairées par des lampes sourdes. Sans le témoignage de celui qui les a prises, ces photos ne valent pas grand-chose.

— Et Pouyard est mort...

— Je ne vous le fais pas dire. Il y a un très beau portrait de lui, probablement fait par sa fiancée... C'est elle ?

Il exhiba un cliché photographique. Célestin reconnut le sourire fin de la jeune femme. Il se rappela le corps raidi de froid dans l'ombre du fossé, et la vilaine blessure en travers du cou.

— C'est elle.

Comme ils revenaient à la voiture, le général Vigneron continua :

— Dans les jours qui viennent, j'aurai malheureusement peu de temps à vous consacrer. Connaissez-vous le philosophe Henri Bergson ?

— J'ai entendu son nom, mais vous savez, moi, la philosophie...

— C'est un de nos grands intellectuels. Nous l'avons envoyé aux États-Unis pour une tournée de conférences. En fait, il était chargé d'une mission diplomatique. Il a rencontré la semaine dernière le président Wilson. L'entretien s'est très bien déroulé. Il serait temps que les Yankees s'engagent à nos côtés. C'est une question essentielle qui tombe directement dans mes prérogatives, et qui va beaucoup m'occuper. Vous comprendrez que je vous laisse la responsabilité de démasquer Saint-Roch, mais je tiens à être informé des progrès de votre enquête.

Il allait monter dans l'automobile quand il se retourna vers Célestin.

— Un mot encore : si jamais vous vous faites prendre avant d'avoir réuni les preuves nécessaires, il sera inutile de citer mon nom, je démentirai absolument tout contact avec vous.

Une heure plus tard, deux silhouettes s'avançaient sur le pont d'Austerlitz en retenant de la main leurs casquettes qu'une bise glaciale avait tendance à soulever. Germain regarda par-dessus le parapet une péniche qui déchargeait sa cargaison de charbon. Au loin, les deux tours de Notre-Dame se devinaient dans des restes de brume. En trois ans et demi de guerre, c'était la première fois que Béraud revenait à la capitale. Il regardait tout autour de lui, s'extasiant de revoir les rues, les immeubles, les autobus... Même les grilles du Jardin des plantes lui arrachèrent une exclamation admirative, comme s'il était reconnaissant à la grande métropole d'avoir survécu, intacte, au conflit. Alors qu'ils arrivaient boulevard de l'Hôpital, Célestin se tourna vers son compagnon.

— Moi, je me les gèle ! Il est bien gentil, Vigneron, mais les costards qu'ils nous a refilés ne sont pas bien épais !

— Qu'est-ce que vous proposez ?

— On va tâcher d'attraper le bus. Il y a une ligne qui nous emmène à Place d'Italie.

Ils trouvèrent un arrêt au coin de la rue Buffon. Une voiture à impériale s'arrêta, ils grimpèrent et s'adressèrent à la receveuse, une jeune femme maigrelette et revêche qui leur lança un regard méprisant.

— Deux tickets, s'il vous plaît.

— Combien de sections ?

— Une seule. On s'arrête à Italie.

L'employée leur tendit les petits bouts de carton en maugréant :

— Les embusqués, on devrait leur faire payer double !

— On n'est pas des embusqués ! s'indigna le petit Germain, on arrive tout droit de...

— Ça va, ça va, tes bobards n'intéressent pas la demoiselle, l'interrompit Célestin en l'entraînant à l'arrière du véhicule.

Béraud était rouge de colère, et Louise dut employer toute sa diplomatie pour lui rappeler qu'ils n'étaient pas deux permissionnaires comme les autres, mais bien des agents du contre-espionnage en mission secrète.

— On n'a pas intérêt à se faire remarquer, quitte à passer pour des pistonnés.

— Quand même, protesta Germain, se faire traiter de lâches après tout ce qu'on s'est pris dans la gueule !

Il se calma vite en reprenant son observation de la ville, lisant avec émotion les intitulés des devantures, les réclames peintes sur les murs et même les numéros des immeubles. Comme ils descendaient du bus, Célestin remarqua une jeune marchande de fleurs au nez rougi par le froid qui se tenait debout près de sa charrette à bras. Il lui prit un petit bouquet de primevères, mais elle fit toute une histoire au moment de lui rendre la monnaie.

— Il n'y a plus de pièces nulle part, les gens les gardent dans leurs boîtes à chaussures ! Il paraît même que les soldats s'en servent pour jouer à la manille, comment voulez-vous que je vous rende votre dû ?

— C'est pas grave, gardez tout.

La petite se confondit en remerciements. Les deux hommes s'engagèrent sur le boulevard qui descendait vers Nationale.

— D'où est-ce qu'elle tient ça, la môme, qu'on ferait des confitures de billons pour jouer à la belote ?

— Faudra que tu t'y habitues bonhomme : depuis le début de la guerre, les gens de l'arrière disent tout et n'importe quoi. Alors pense plus à ça et essaie de trouver une idée qui nous fasse avancer.

— Il n'y a qu'à coincer Saint-Roch et à le faire parler.

— Ben tiens !

La petite rue où Gabrielle, la sœur de Célestin, et Éliane et la petite Sarah avaient été déménagées[1]

1. Voir *Le château d'Amberville*, Folio Policier n° 540.

partait à deux cents mètres sur la droite. Au numéro 14 s'élevait un petit immeuble modeste, une simple façade de crépi percée de deux rangées de fenêtres rectangulaires. L'entrée donnait de plain-pied sur la rue. On entrait ensuite dans un couloir sombre. Il n'y avait pas de concierge. La liste des locataires était affichée sur un des murs. Célestin la déchiffra à la flamme de son briquet.

— Gabrielle Massonier... Éliane Merle... Deuxième étage gauche.

Toujours suivi par Germain, il gravit les deux volées de marches et frappa à la porte de l'appartement. Il n'y avait personne. Célestin griffonna quelques mots sur le papier qui enveloppait ses fleurs et laissa le bouquet accroché à la poignée.

— On va aller chez moi.

Anna Le Tallec, la concierge du 10 rue Sainte-Croix-de-la-Bretonnerie, fut toute heureuse de reconnaître Célestin. Elle s'empressa de lui raconter que son neveu, Loïc, rentré du front avec la gueule cassée, n'avait pas supporté de rester en Bretagne. Depuis près de six mois, il vivait chez elle, lui donnant un coup de main aux travaux de ménage, quand l'alcool ne l'avait pas encore plongé dans un état d'hébétude qui le laissait prostré sur un coin de lit, au fond de la loge. En montant dans la chambre du jeune policier, les deux poilus croisèrent le pauvre type, chargé d'un seau et d'un balai. Il n'avait plus qu'un seul œil, sa tempe avait été enfoncée et une grosse cicatrice écarlate boursouflait tout le côté de son visage. Par habitude, il se détourna, se collant au mur pour ne pas laisser voir ses horribles blessures. Germain, touché, faillit lui dire qu'ils en avaient vu d'autres, mais se rappela qu'il valait mieux parler le moins possible. Arrivé chez lui, Célestin alluma un poêle qui fumait plus qu'il ne chauffait. Béraud posa sur une petite table le dossier que leur avait confié Vigneron. Il contenait une photo de Saint-Roch, un homme aux yeux rieurs, au visage énergique mais dont la bouche faisait un pli d'amertume ou de lassitude. Il y avait également la disposition de son bureau ainsi que de l'immeuble que l'état-major occupait place de la Concorde, et une liste d'adresses personnelles : celle de Saint-Roch, de ses subordonnés, mais aussi celle du colonel Tessier et, pour finir, accompagnée d'une photographie, une fiche de renseignements concernant la maîtresse de Saint-Roch, la nommée « Lola Lola ». Occupé à ranimer le poêle, Célestin se faisait lire les documents par Germain.

— Il y a son vrai nom, à la belle ?

Béraud fronça les sourcils pour mieux parcourir le document.

— Attendez... Ouais, il ne fait pas les choses à moitié, Vigneron !

— Et alors, elle s'appelle comment ?

— Majet, Chloé Majet.

Célestin sursauta, referma brutalement la portière du poêle et se précipita pour lire par-dessus l'épaule de son compagnon.

— Ah ben merde ! Chloé !

— Vous la connaissez ?

— Je l'ai croisée plusieurs fois quand j'enquêtais sur la disparition des plans Renault. À l'époque, elle était danseuse à l'Opéra, et la maîtresse d'un aristo... Alphonse de Combray.

— Faut croire qu'Alphonse, il ne faisait plus l'affaire. Ou qu'elle avait terminé de le rincer ! C'est une sacrée jolie fille.

Célestin revit la silhouette ravissante de la jeune danseuse, son sourire irrésistible perdu dans un tourbillon de cheveux bruns.

— C'était une fille légère, la voilà devenue une femme entretenue.

— Elle pourrait surveiller ses fréquentations !

— Enfin, ça va peut-être nous faciliter la tâche. Je crois qu'elle m'aimait bien.

— Seulement vous étiez pas assez rupin pour elle, c'est ça ?

Célestin faillit répondre que, lorsqu'il avait rencontré Chloé, la douceur d'Éliane le hantait déjà. Il resta silencieux, à se demander quand il pourrait la revoir. Les prochains jours allaient être fort occupés. Il se plongea avec Germain dans l'étude du dossier Saint-Roch, brûlant au fur et à mesure les documents dans le poêle. Petit à petit, un plan s'échafaudait dans son esprit.

CHAPITRE 10

Contre-espionnage

Même en permission, le colonel Tessier se levait à l'aube. Une fois encore, des cauchemars l'avaient poursuivi durant son sommeil, des visions de guerre, des éclairs de bombardements, des cris déchirants... À chaque fois, il se réveillait en sursaut et, après quelques secondes de suffocation, s'étonnait de se retrouver aux côtés de sa chère et tendre Emma. Comme tous les matins, celle-ci, encore endormie, tendit une main pour le retenir. Il revint vers le lit et, d'un baiser, effleura ses cheveux.
— Ma chère femme...
— Cher Armand...
Emma Tessier, née d'Alauzoy, était encore, à quarante ans passés, une fort belle femme, un peu plantureuse, dont le visage carré aux traits réguliers s'encadrait d'une crinière de cheveux blonds où commençaient à briller quelques fils d'argent. Sa haute stature lui conférait une autorité naturelle et l'on disait couramment que son colonel de mari filait doux devant elle. En l'épousant, Armand Tessier, qui n'était alors que capitaine, avait réussi ce qu'il est convenu d'appeler un beau mariage, intégrant une noblesse d'Empire qui possédait à la fois la par-

ticule et la fortune. La dot, généreuse, avait procuré à Tessier une position sociale que bien de ses supérieurs lui enviaient. Le couple avait emménagé dans un très confortable appartement du boulevard Haussmann où ils avaient élevé avec soin leur fille Clémence. À dix-huit ans, cette fort jolie créature s'ennuyait ferme entre l'institution religieuse qui lui dispensait une instruction inutile, les œuvres de charité que la guerre avait multipliées et les mondanités qui l'horripilaient. Elle aurait rêvé de s'engager, au moins d'être infirmière sur le front, mais son père, compte tenu de son jeune âge, s'y était formellement opposé. Elle lui en vouait une secrète mais tenace rancune. Elle n'avait trouvé dans son milieu ni amie, ni confidente et, tenaillée par une sensualité qui s'affirmait un peu plus chaque jour, consignait sur un journal intime ses fantasmes et ses révoltes. Les officiers anglais, rieurs et désinvoltes, qu'elle voyait aux vitrines des grands cafés l'excitaient tout particulièrement, et elle s'imaginait parfois pénétrant, nue, dans une caserne imaginaire où elle s'offrait tour à tour à toute une chambrée de jeunes hommes anglophones et musclés. En attendant de perdre ce pucelage qui l'encombrait, la fille du colonel s'était prise de passion pour le cinématographe, frissonnant aux séries policières, pleurant aux mélodrames, riant des démêlés de Charlot avec la police et s'enthousiasmant, avec un goût déjà affirmé, pour une jeune école de metteurs en scène français dont on citait les noms dans les journaux spécialisés : Abel Gance, Marcel L'Herbier ou Jean Dréville. Ce matin-là, dans un déshabillé vaporeux qui laissait voir en transparence les courbes de son jeune corps, elle croquait une tablette de chocolat en fredonnant le thème qu'un pianiste avait joué pendant la projection de *Judex* quand son père fit irruption dans la cuisine. Embarrassé devant la quasi-nudité de sa fille, il se gratta la gorge. Clémence le gratifia d'un sourire désarmant. La cuisinière, déjà, s'activait aux fourneaux et une bonne odeur de café avait envahi la pièce.

— Vous porterez son petit déjeuner à madame, ordonna le colonel en s'asseyant face à sa fille. Dis-moi, Clémence, que vas-tu faire de ta journée ?

— Ce matin, je dois accompagner maman au comité pour les orphelins de guerre. Et cet après-midi, on donne au Wagram un nouveau film américain, *Forfaiture*.

— Tu vas encore aller t'enfermer dans une de ces salles obscures et malsaines ? Pourquoi n'irais-tu pas plutôt te promener au bois ?

— Par ce froid ? Mais vous voulez ma mort, papa !

Déjà, elle avait disparu, laissant derrière elle un parfum de sucre et d'adolescence. Le colonel soupira : il aurait préféré un fils, il ne savait jamais comment s'y prendre avec cette jeune femme. Il chassa bien vite l'image de Clémence pour penser au rendez-vous qui l'attendait avec son banquier : c'était un problème autrement préoccupant.

Au même moment, deux ramoneurs aux visages noircis par la suie se présentaient dans un des immeubles de l'état-major, dont la façade donnait sur la place de la Concorde mais dont l'entrée ouvrait rue Royale. Le planton de garde examina rapidement leur laissez-passer et leur souhaita bon courage : le bâtiment ne comportait pas moins de trente-sept cheminées ! Célestin et Germain se glissèrent dans la cour sur laquelle débouchaient trois entrées vitrées. Sans hésiter, munis de leurs échelles, de leurs cordes et de leurs hérissons, ils ouvrirent la porte marquée *B* et entrèrent dans un large couloir désert.

— Il n'y a pas grand monde, à cette heure, murmura Béraud.

— On se lève moins tôt ici que dans les tranchées.

D'un geste, Célestin désigna un large escalier de bois qui menait aux étages. Les deux hommes s'y engagèrent.

— Moins on verra de monde, mieux ce sera.

La première volée de marches débouchait sur un nouveau couloir. Quelques secondes plus tard, sans avoir vu âme qui vive, les deux hommes s'arrêtaient devant la porte d'un bureau. Elle était fermée. Une petite plaque indiquait simplement : « COLONEL SAINT-ROCH ». Béraud, muni d'un trousseau de clefs de toutes les dimensions, mit moins d'une minute pour l'ouvrir. La pièce elle-même était austère : un bureau devant la haute fenêtre, deux fauteuils, une rangée de casiers de bois à volet roulant.

— Ça tombe bien, il y a une cheminée, observa Germain en déposant son équipement de fumiste devant l'âtre où quelques bûches attendaient d'être allumées.

Célestin avait immédiatement remarqué, posée sur le manteau de la cheminée, une photographie de Chloé. Il se rappela leur rencontre dans les couloirs de l'Opéra, et ce mélange d'ingénuité et de rouerie qui rendait la jeune femme si séduisante. Rapidement, le policier feuilleta les dossiers empilés sur le bureau : statistiques, demandes de mutation, rapports d'offensives, certificats médicaux, tout un fatras de paperasses administratives. Pendant ce temps, Germain s'était attaqué aux casiers. Les serrures, rudimentaires, cédèrent tout de suite et les volets tombèrent dans un fracas de roulement.

— Tu ne peux pas faire moins de bruit ?
— Désolé…

En quelques minutes, ils avaient fait l'inventaire des grands classeurs. Tout était en ordre, bien rangé, nulle part ils ne trouvèrent de carnet ou de cahier pouvant abriter des notes confidentielles ou une double comptabilité. En consultant des listes de commandes d'armement, Célestin remarqua pourtant que certaines feuilles étaient marquées d'un point rouge. Il les retira des dossiers et les glissa dans sa poche intérieure. Béraud avait sondé les murs, essayé de trouver une cachette dans les moulures de la cheminée, ou un coffre-fort dissimulé. En vain.

— Je crois qu'on ne dénichera rien d'autre.
— Alors on se tire.

Célestin jeta un dernier coup d'œil au beau sourire de Chloé qui trônait sur la cheminée puis, reprenant son attirail de ramonage, ouvrit la porte du bureau. Il eut un mouvement de recul en se retrouvant nez à nez avec un officier supérieur. Il faillit avoir le réflexe de saluer, se souvint juste à temps qu'il portait des habits civils et, dans la même seconde, reconnut le colonel Saint-Roch. Celui-ci semblait tout aussi surpris.

— Messieurs… Puis-je vous demander comment vous êtes entrés dans mon bureau ?
— On nous a ouvert, balbutia Célestin.
— Cela m'étonnerait : je suis le seul à en posséder la clef.

Disant cela, le colonel portait la main à son étui à revolver. Louise fut plus rapide. Attrapant un bout de l'échelle qu'il portait dans le dos, il fit un mouvement tournant. Les premiers barreaux vinrent frapper Saint-Roch sur le côté de la tête. À moitié assommé, il s'écroula contre le mur. Béraud, coincé dans le bureau, n'avait pas eu le temps de réagir. Célestin, laissant tomber son échelle, le tira par le col et tous deux s'élancèrent vers l'escalier. Ils commençaient à dévaler les marches quand un coup de feu retentit derrière eux. Une balle vint arracher un morceau de plâtre juste au-dessus de leurs têtes.

— Alerte ! cria Saint-Roch.

Il y eut tout un remue-ménage dans le couloir du premier étage. Pour retarder leurs poursuivants, Célestin et Germain balancèrent tous leurs outils dans l'escalier. Ils débouchèrent dans la cour pavée en même temps que deux plantons, arme au poing.

— Les Boches ! hurla Louise dans un réflexe.

En découvrant ces deux ramoneurs qui criaient à l'attaque allemande, les soldats hésitèrent à tirer. Déjà, les deux policiers étaient sur eux, les bousculant, les renversant et disparaissant dans le couloir d'entrée. Trois secondes plus tard, ils étaient dans la rue. Un omnibus passait, les deux faux ramoneurs s'accrochèrent à la rambarde arrière malgré les protestations d'un contrôleur tatillon. Le temps de discutailler avec lui, ils étaient déjà à la Madeleine. Ils sautèrent sur les Grands Boulevards et se perdirent dans la foule qui venait faire l'ouverture des magasins.

Dans son vaste bureau du Crédit lyonnais, le sous-directeur Gaston Ertil feuilletait d'un air embarrassé le dossier du colonel Tessier.

— Mon cher colonel, je n'ai pas de très bonnes nouvelles à vous annoncer, hélas !

Assis en face de lui, l'officier tortillait nerveusement sa moustache.

— Vous avez investi vos fonds dans le « trois pour cent français perpétuel » ; c'est un emprunt d'État et je serais malvenu de blâmer votre patriotisme. Mais d'un strict point de vue financier, c'est un placement catastrophique : il a encore perdu plus de huit pour cent depuis le début de cette année.

— Mais pourquoi diable m'avez-vous laissé faire ? C'est trop facile maintenant de vous en laver les mains !

— Pardon, mon colonel, mais rappelez-vous : je vous avais suggéré d'autres placements à l'époque.

— Il fallait être plus ferme, bon sang : à chacun son métier. Si je menais mes hommes comme vous gérez vos placements !

Il y eut un silence. Ertil laissa passer l'orage, jetant un coup d'œil au ciel plombé qui voilait la fenêtre.

— Eh bien... Que me conseillez-vous ?

— Pourquoi pas la nouvelle économie ? Le cinéma, par exemple : Pathé a presque doublé et...

— Ah non ! l'interrompit le colonel, vous n'allez pas vous y mettre vous aussi ? J'ai bien assez de ma fille à me rebattre les oreilles de toutes ces vedettes américaines qui viennent minauder sur des écrans !

— Alors un investissement solide : l'armement. Là, ce sont des valeurs sûres : Saint-Chamond, Le Creusot...

— Oui, sans doute, pourquoi pas... Est-il encore temps de rattraper mes pertes ?

— Les rattraper... peut-être sur le long, le très long terme. Mais les combler en partie, c'est envisageable.

— En partie seulement ?

Le ton cassant, le visage blême de l'officier, agité de tics nerveux, trahissaient une profonde inquiétude. Il soupira.

— Au fond, tout cela est très injuste, vous le reconnaîtrez : j'ai voulu mettre ma famille à l'abri de tout désagrément en investissant la dot de ma femme dans des valeurs que je pensais solides... Et je n'ai fait que dilapider bien malgré moi la moitié de sa fortune ! À ce propos, elle ne vous a jamais rien demandé ?

— Il semble que votre épouse vous fasse entièrement confiance en ce domaine, cher colonel.

— Hum, grommela Tessier, embarrassé. Quoi qu'il en soit, si par hasard elle vous demande quoi que ce soit, je compte sur vous pour noyer le poisson. Parlez-lui placements, valeurs, cotations et pourcentages, et surtout ne lui délivrez pas de documents sans m'en référer auparavant.

— Bien entendu, colonel.

Tessier se leva, morose. Sa situation était exactement telle qu'il se l'était figurée : préoccupante. Il regarda le cartel en bronze qui ornait la vaste cheminée du bureau. Il avait juste le temps d'être à son rendez-vous.

Dans la vaste salle que surmontait une galerie, une douzaine d'escrimeurs s'affrontaient sous la direction d'un vieux maître d'armes raide comme la justice dont les indications résonnaient sous les voûtes.

— Engagez le fer... Marquis, fendez-vous en sixte, baron, dégagez-vous en quarte... Bien, revenez...

Dans la galerie, quelques élégantes frissonnaient en suivant le déroulement des duels et, parfois, souriaient à leurs champions. Le colonel Tessier, son masque sous le bras et son épée à la main, se dirigea vers deux bretteurs qui luttaient sans ménagement. Le plus acharné des deux dégagea en contre, feinta et se fendit en dehors, touchant son adversaire au défaut du bras.

— Touché !

L'autre s'inclina. Les deux combattants ôtèrent leurs masques et se saluèrent. Le colonel s'avança vers le vainqueur et s'inclina devant lui.

— Colonel Saint-Roch...

— Colonel Tessier... Pour l'amour du ciel, enfilez votre masque et faites au moins semblant de vous battre !

Ulcéré, Tessier obéit. Les deux hommes se mirent à l'écart et firent mine d'engager un duel.

— Je ne veux absolument plus qu'on nous voie ensemble, Tessier. On a visité mon bureau pas plus tard que ce matin.

— Les hommes de Vigneron ? s'enquit l'autre en parant maladroitement une botte de tierce.

— Je n'en sais rien. Ils étaient deux, déguisés en ramoneurs.

— Vous avez vu leurs visages ?

— Couverts de suie, je serais bien incapable de les reconnaître. En attendant, je mets fin à toute nouvelle opération, vous me comprenez ?

— Ce n'est pas possible, gémit Tessier. Je suis dans une situation terrible ! La Bourse...

— Je me fous de la Bourse et de vos placements, colonel, c'est votre problème. Le mien, c'est de rester au-dessus de tout soupçon. Je croyais savoir que Vigneron s'occupait d'une mission diplomatique aux États-Unis, mais on dirait qu'il ne veut pas me lâcher. Mais je vous jure qu'il en sera pour ses frais. À condition que vous ne fassiez pas de bêtise ! Maintenant, je vous laisse, et je ne veux plus entendre vos jérémiades : vous avez été déjà largement rétribué pour vos services !

Brisant net son assaut, Saint-Roch salua son adversaire et quitta rapidement la salle. Épuisé, découragé, Tessier se laissa tomber sur un banc. Du haut de la galerie, Célestin n'avait rien perdu de l'entrevue. Il avait filé Saint-Roch depuis sa sortie de l'état-major, redoublant de précautions pour ne pas se faire repérer. L'officier, rendu méfiant par le cambriolage du matin, avait vérifié à plusieurs reprises s'il n'était pas suivi, mais Célestin avait été le plus habile à ce petit jeu qu'il connaissait bien. N'eût été l'uniforme de Saint-Roch, il aurait pu se croire revenu aux temps de l'avant-guerre, lorsqu'il était encore inspecteur à la préfecture de Police sous les ordres du commissaire Minier. Il venait d'être largement récompensé de ses soins, en découvrant que Saint-Roch et Tessier étaient effectivement en contact l'un avec l'autre. L'ensemble du puzzle était désormais en place, confirmant les déductions du général Vigneron, mais Saint-Roch ne se laisserait pas coincer facilement. Le départ brusque de l'officier d'état-major laissa le jeune policier dans l'embarras : qui allait-il suivre, Saint-Roch, ou Tessier ? Il opta pour ce dernier, sachant où retrouver Saint-Roch. Après quelques instants de prostration, le colonel Tessier sortit à son tour, se changea et, quittant la salle, héla un taxi en maraude. Célestin enfourcha la bicyclette qu'il avait empruntée au neveu Le Tallec, et se mit à pédaler comme un fou pour ne pas perdre de vue le taxi. Pas plus que le chauffeur, il ne vit déboucher au grand galop une cavalière imprudente qui se jeta sous les roues de la voiture. Le taxi freina à mort, évitant de justesse le choc. Célestin, qui arrivait à toute vitesse, ne put, lui, éviter de rentrer violemment dans l'arrière de l'automobile. Projeté par-dessus le guidon, il atterrit rudement sur les pavés. Étourdi, il vit Tessier sortir du taxi et s'approcher de lui, d'abord d'un air compatissant, puis ouvrant de grands yeux en le reconnaissant.

— Vous ? Célestin Louise ? Qu'est-ce que vous faites ici ? Vous me suivez ?

Il avait sorti un revolver de son étui. Comme Célestin se relevait tant bien que mal en cherchant ce qu'il allait bien pouvoir raconter, une voix charmante s'éleva :

— Ce jeune homme est blessé ?

D'une coupure qu'il s'était faite au front, du sang s'était mis à couler sur le visage de Célestin. Il jugea préférable d'exagérer son malaise et se laissa retomber à genoux, le visage dans les mains.

— Cet homme est un espion ! hurla le colonel. Il faut le faire conduire immédiatement à la sécurité militaire !

La jeune femme était descendue de cheval. À travers ses doigts écartés, Célestin remarqua qu'elle était jolie. Ses cheveux blonds maintenus en chignon lui donnaient un air sévère que démentait l'éclat joyeux de ses grands yeux verts. Elle était visiblement déconcertée par la situation, ne sachant quel parti prendre. Le jeune policier décida de jouer son va-tout. Écartant de la main le sang qui lui coulait dans les yeux, il pointa un doigt rougi sur Tessier qui le menaçait de son arme.

— C'est lui, l'espion ! s'écria Célestin, véhément. C'est même un trafiquant d'armes, et je suis chargé par l'état-major de le surveiller.

D'un coup, le colonel, qui ne s'attendait pas à cette accusation publique, devint blême. Sa main se mit à trembler. Louise accentua son avantage.

— Vous avez fait passer des camions d'armes par bac sur le lac des Soyeux, colonel Tessier. J'en ai les preuves, mentit Célestin, et même les témoignages des soldats que vous avez corrompus avant de les faire muter au Chemin des Dames pour qu'ils s'y fassent massacrer !

— Mon Dieu ! s'écria la jeune amazone, mais c'est horrible !

— Ne l'écoutez pas, mademoiselle ! tenta de se défendre l'officier, mais sa voix était déjà moins assurée.

— Bien sûr, qu'elle m'écoute, car elle sent bien que je dis la vérité. Et je ne vous conseille pas de me tirer dessus : tout le dossier de l'enquête est déjà dans les mains du général Vigneron.

Ce fut le coup de grâce pour Tessier. Abaissant son arme, il regarda la jeune cavalière, puis de nouveau Célestin, avant de se précipiter à l'intérieur du taxi qui démarra aussitôt.

— Cette fois, vous n'allez pas le suivre, je suppose ? demanda la jeune femme blonde.

Célestin examina son vélo dont la roue avant formait un huit. Il revint à la jeune cavalière qui fit une petite mimique amusée.

Le film américain dont les affiches expressionnistes montraient le visage grimaçant d'un homme et la frêle silhouette d'une jeune femme avait attiré une foule curieuse au Wagram. Une longue file s'étirait devant le guichet d'achat des tickets. Clémence Tessier, emmitouflée dans un grand manteau militaire qu'elle avait quelque peu « civilisé » en en refaisant le col et en le raccourcissant, attendait son tour en écoutant distraitement deux bourgeoises évoquer la mystification de la « chaussure nationale », dernière invention des pouvoirs publics pour endiguer la crise du cuir.

— Vous en avez trouvé, vous, de ces chaussures à vingt-trois francs qu'on devait vendre partout ?

— Pensez-vous ! Ou alors, si vous faites du quarante-quatre ou du quarante-cinq ! L'autre jour, je suis entrée dans un magasin qui affichait : « Ici, chaussure nationale ». Bien évidemment, il n'y avait pas ma taille, mais le vendeur s'est empressé de me proposer un modèle à cinquante francs !

— Ils sont tous les mêmes, à profiter de la pénurie pour s'engraisser sur le dos des braves gens !

Clémence ne put s'empêcher de sourire. Près d'elle, un jeune homme lui sourit à son tour. Il avait le teint hâlé de ceux qui vivent à l'extérieur, des yeux vifs, de fines moustaches, et donnait cette impression d'assurance propre aux individus débrouillards. En un mot, elle le trouvait séduisant. Il manœuvra habilement dans la file de façon à se retrouver tout contre elle.

— Si vous croyez que je n'ai pas remarqué votre manège ! plaisanta Clémence.

— Pardon, mais je ne pouvais pas rester loin de vous.

Clémence Tessier éclata de rire.

— Vous ne manquez pas de culot !

De fait, si Célestin Louise avait pu observer la

scène, il n'aurait pas reconnu son camarade Germain, ex-pickpocket et actuel compagnon de tranchée, dans ce séducteur plutôt adroit qui venait de se concilier les bonnes grâces de Clémence. Mais Germain Béraud se reconnaissait-il lui-même ? Chargé par Célestin de séduire la fille du colonel, ou tout au moins de l'approcher, il s'était vu, en découvrant la belle en chair (et quelle chair !) et en os, transporté, transformé, et bien décidé à atteindre son objectif.

— Est-ce que c'est un film qui fait peur ? demanda-t-il.

— Je n'en sais rien. Peut-être qu'il fait pleurer.

— Dans ce cas, vous aurez le droit de me prendre la main.

— J'en ai, de la chance ! Mais dites-moi, vous n'êtes pas à la guerre ?

— Bien sûr. Simplement, j'ai obtenu une permission, comme...

Il allait dire « comme votre père », mais se retint *in extremis*. Décidément, le métier d'espion était bien difficile, même si, comme ce jour-là, il offrait quelques compensations...

— Comme quoi ? reprit Clémence.

— Comme... comme j'en ai bien le droit, après bientôt trois années sur le front.

— Trois ans ? Vous êtes resté trois ans sans revenir ?

— Et qui vouliez-vous que j'aille voir ? Je ne vous connaissais pas encore !

Germain se surprenait lui-même. Clémence était conquise.

— Alors je vous offre mon bras, monsieur le permissionnaire !

Et c'est au bras de la jeune femme que Béraud se

retrouva devant le guichet. Vigneron avait inclus dans le dossier de leur mission une jolie petite somme d'argent en liquide. Germain prit les deux billets, ce qui finit de convaincre sa cavalière qu'elle avait affaire à un courageux soldat, doublé d'un gentleman. Ils s'installèrent au cinquième rang. Une femme se mit au piano, une grande brune à l'air mélancolique et rêveur qui déploya néanmoins une belle énergie dans son accompagnement de *Forfaiture*. Durant toute la projection, Germain n'eut pas un seul geste déplacé, il ne tenta pas de prendre la main de Clémence ou de poser le bras sur le sien. Les deux jeunes gens se retrouvèrent dehors, parmi les spectateurs qui s'égaillaient sur le trottoir. Le soir tombait déjà, et avec lui une méchante neige fondue qui se glissait dans les cols. Clémence frissonna.

— Ce serait à mon tour de vous inviter à prendre une boisson chaude, monsieur...

— Germain, fit Germain sans songer à maquiller son nom.

— Germain... Malheureusement, le film était long et je dois rentrer à la maison, mes parents s'inquiéteraient.

— Invitez-moi demain.

— Soit... À deux heures au *Café de Flore*, boulevard Saint-Germain ?

— À deux heures. J'y serai.

Clémence lui fit un petit signe de la main, il y vit toute la grâce du monde. Elle disparut dans la foule de l'avenue.

— Mission accomplie, murmura Béraud pour lui-même, avec un petit pincement au cœur, car il n'était pas si fier de lui. Une grande tristesse lui vint même à l'idée de tromper ainsi la confiance de la jeune femme.

Et puis il repensa à la trahison de Tessier, cette ganache hypocrite et méchante. Devant lui s'étalait le titre du film : *Forfaiture.* C'était bien de cela qu'il s'agissait. Il se demandait quand même comment un type aussi repoussant pouvait avoir une fille aussi délicieuse. Il sortit de sa poche sa casquette, la vissa sur sa tête et remonta vers l'Étoile. Il avait repris sa dégaine de titi parisien. Il avait hâte de retrouver Célestin.

CHAPITRE 11

Le Magic City

La jeune femme sortit de la chambre pour aller faire du thé. Célestin la regarda quitter la pièce avec cette même élégance nonchalante qu'elle avait quand elle parlait, ou qu'elle montait à cheval. Il savait désormais qu'elle s'appelait Mathilde et qu'elle avait perdu son fiancé, un jeune ingénieur qui avait tenu à intégrer une unité d'infanterie, aux premiers jours de la guerre. Elle traînait depuis son chagrin dans les grandes pièces obscures du vaste appartement de famille dont sa mère, impotente et veuve elle aussi, occupait une chambre. Ainsi Mathilde veillait-elle sur sa mère, que la solitude et la maladie avaient rendue acariâtre, tout en entretenant la mémoire de son amour disparu, ce jeune homme élégant dont la photo était posée sur sa table de chevet et dont le souvenir, pourtant, s'éteignait irrémédiablement. Elle en avait conçu une profonde nostalgie qui s'enracinait à la fois dans une vague culpabilité et dans le sentiment aigu du temps qui passait et ferait bientôt d'elle une vieille fille. Cette tristesse, elle la dissimulait sous un caractère enjoué et même, parfois, provocateur. Elle avait insisté pour emmener Célestin chez elle, l'avait couché dans son propre lit et soigné ses blessures, heureusement superficielles. Comme il avait déboutonné largement sa chemise, elle avait aperçu la cicatrice qui lui balafrait l'épaule gauche et, parce qu'à la compassion venait se mêler le chagrin de son deuil, s'était sentie troublée plus qu'il n'aurait fallu. Elle s'était alors absentée à plusieurs reprises, sous des prétextes divers, pour briser le début d'intimité qui s'établissait entre elle et le policier. Célestin, remis de son choc, ses blessures nettoyées, s'était ému de la voir ainsi toute embarrassée après s'être montrée fort hardie au moment de leur rencontre. Mathilde revint avec le plateau à thé qu'elle posa sur un guéridon.

— Comment vous sentez-vous ?
— Bien, grâce à vous. Il n'y a que mon pantalon qui gardera une trace de ce mauvais accident...

Disant cela, il montrait la déchirure qui avait emporté un large pan de tissu à la hauteur du genou gauche.

— Il doit me rester quelques vêtements ayant appartenu à mon mari. Si vous voulez...

Déjà, elle fouillait dans une armoire à glace dont le miroir ovale, brusquement tourné vers lui, renvoyait à Célestin sa propre image de blessé allongé, avec cette touche de romantisme que lui donnait sa chemise ouverte. Il se sentit un peu ridicule. Mathilde revint vers lui, apportant un pantalon.

— Vous essaierez celui-ci, dit-elle en le posant sur le lit.

Malgré lui, Célestin lui retint la main. Dans le même temps, il regretta son geste qui, par son ambiguïté, l'entraînait au-delà de ce qu'il aurait souhaité manifester. La réaction de la jeune femme fut immédiate et bouleversante. Elle s'allongea aux côtés de Célestin et se serra contre lui.

— Prends-moi dans tes bras, murmura-t-elle en fermant les yeux.

Célestin obéit et enlaça ce corps offert qui laissait soudain sourdre une sensualité trop longtemps contenue. Débordé par un flot de caresses et de baisers qui se faisaient à chaque instant plus fiévreux, le jeune homme se laissa à son tour emporter par le désir. Leur étreinte fut presque brutale, chacun d'eux crispé sur son propre plaisir, perdu dans un moment que, déjà, ils voulaient oublier. Ils se retrouvèrent essoufflés, exténués, en travers du lit aux draps défaits. Ils ne se regardaient plus, ils ne se parlaient plus. Dans le silence de la vaste chambre qui n'était troublé que par le désordre de leurs respirations, il y eut un bruit de sonnette lointain.

— C'est ma mère. Il faut que je m'occupe d'elle.
— Bien sûr.

Quelques instants plus tard, Célestin retrouvait la grisaille et le froid de l'après-midi finissant. Il était triste, d'une tristesse qu'il ne souhaitait pas s'expliquer.

La rue Cognacq-Jay, plutôt calme, s'illuminait juste avant de croiser l'avenue Bosquet. Profitant des derniers instants avant le couvre-feu, le *Magic City* attirait le chaland avec un grand panneau électrique sous lequel des affiches racoleuses vantaient les mérites exceptionnels des artistes à l'affiche cette saison-là. On y voyait le sourire carnassier de Ramon Cazar, fameux lanceur de couteaux, une figure improbable de Linda la contorsionniste, le visage impénétrable du professeur Hypnox, magicien de renom international, et les formes exquises de la danseuse Lola Lola. Célestin détaillait, amusé, le costume à paillettes de la jeune artiste qu'il avait croisée dans des tenues plus classiques à l'Opéra[1]. Elle avait changé de coiffure mais dégageait toujours ce mélange d'impertinence et de douceur.

Une voix familière le fit sortir de sa contemplation.

— Vous avez perdu votre portefeuille, monsieur ?

Béraud se tenait près de lui et le lui tendait.

— Tu te crois malin ?

— Je voulais voir si j'avais pas perdu la main.

— Rends-moi ça, idiot.

Célestin reprit son bien et le rangea au fond d'une poche intérieure.

— Alors, c'est ici, le spectacle ?

— J'ai réservé une baignoire, on aura une vue sur toute la salle.

— Et le bouquet ?

Germain désignait un gros bouquet de fleurs que Louise portait à bout de bras, un peu embarrassé.

— C'est pour Chloé. J'irai la voir dans sa loge à la fin de la représentation.

— C'est pas un peu dangereux ? Et si vous tombez sur Saint-Roch ?

— Il y a peu de chance qu'il me reconnaisse. Et je me cacherai derrière les fleurs. J'irai tout seul, toi, tu attendras à la sortie des artistes. S'il vient, il passera forcément par là.

Les deux hommes entrèrent dans le music-hall. Une gamine efflanquée, bizarrement maquillée, tenta vainement de leur fourguer un programme à

---

1. Voir *L'arme secrète de Louis Renault*, Folio Policier n° 528.

deux francs tout en les introduisant dans la corbeille de côté, de laquelle ils avaient une vue plongeante sur la scène ainsi que sur tout l'orchestre. Dans la fosse, une dizaine de musiciens s'accordaient. Célestin s'amusa de voir que le contrebassiste s'enfilait une généreuse rasade d'alcool bue à même un petit flacon d'argent. À la surprise du jeune policier, la salle se remplit jusqu'au dernier strapontin. Sans doute fallait-il s'étourdir en ces temps de guerre et de froidure. Sous le lustre fantaisie s'élevait un brouhaha de conversations qui s'éteignirent en même temps que la lumière. L'orchestre entama une mélodie entraînante, un jongleur fit voltiger des assiettes, deux pitres échangèrent ensuite les laborieux dialogues de sketches consternants, puis Cazar, le lanceur de couteaux, fit frissonner le public en plantant ses lames, les yeux bandés, à quelques centimètres du corps en partie dénudé d'une pulpeuse créature attachée à un panneau tournant. Le présentateur, un gros type joufflu et toujours essoufflé, engoncé dans un smoking mal coupé, prit une mine préoccupée et, s'avançant sur le devant de la scène tandis que l'orchestre faisait vibrer une mélopée orientaliste supposée inquiétante, proclama :

— Et maintenant, voici celui que vous attendez tous, celui qui vous fait déjà peur et pourtant à la volonté duquel vous allez vous abandonner sans réserve, le roi du mystère, le célébrissime professeur Hypnox !

Et tandis que les violons s'envolaient dans un vibrato suraigu qui portait sur les nerfs, un grand bonhomme barbu vêtu d'un costume chinois de satin noir entra sur la scène, isolé dans un rond de lumière.

— Il a pas l'air marrant, le loustic ! glissa Béraud, déjà impressionné.

Après quelques tours de prestidigitation classiques, l'homme sombre fit taire l'orchestre qui l'accompagnait en sourdine et annonça d'une voix grave et rauque qu'il allait endormir l'assistance.

— Ah ! J'aimerais bien voir ça ! rigola le petit Germain.

Il n'avait pas fini sa phrase qu'il dormait déjà, avachi sur son siège. Célestin, sans doute moins sensible aux charmes du magicien, contempla avec surprise la salle où la plupart des spectateurs avaient sombré dans les bras de Morphée. Certains ronflaient comme des sonneurs. Mais déjà, claquant dans ses mains, Hypnox réveilla l'assistance ébaudie qui lui fit un triomphe. Le prestidigitateur disparut tandis qu'une musique joyeuse préludait à l'arrivée de Lola Lola. Entourée de quatre danseuses souriant de toutes leurs dents, la jeune femme enchaîna deux refrains à la mode, *Ce sont les Canadiennes* et *Reviens*, avant de terminer, seule dans une lumière mauve, par la jolie romance *Comme à vingt ans*. Célestin, tout en écoutant distraitement la chanson, détaillait Chloé. Elle avait pris de l'assurance, elle chantait bien et savait mettre en valeur son corps splendide. Mais, sous le maquillage de scène, il ne reconnaissait plus la jeune fille malicieuse et taquine qu'il avait croisée deux ans auparavant. Un brin de raucité au fond de la voix, une ombre d'amertume au coin du sourire trahissaient ses renoncements et ses désillusions. Cela n'ôtait rien à son charme, au contraire : elle possédait maintenant une beauté fatale qui fascinait. Pas étonnant que Saint-Roch, pour elle, dépensât des fortunes. Le public, emballé, l'applaudit à tout rompre. Il y eut encore un numéro d'équilibristes, puis un montreur d'ombres puis, sur un refrain patriotique repris en chœur par la salle, le spectacle prit fin. Comme les lumières se rallumaient, Célestin rappela ses consignes à Béraud.

— Je file dans les loges. Attends-moi dehors.

Dans le couloir qui menait aux loges, Louise découvrit un mélange surprenant d'artistes décontractés, de machinistes occupés à ranger d'improbables accessoires et de spectateurs curieux et impatients de complimenter leurs vedettes. Une des charmantes danseuses qui accompagnaient Chloé passa, plutôt déshabillée, et lui adressa un sourire aguicheur. La loge de la vedette féminine était ouverte. En approchant, Célestin surprit le compliment chevrotant d'un admirateur hors d'âge, de toute évidence subjugué par les talents de Lola Lola.

— Ma chère amie, croyez bien qu'au cours de ma longue existence, j'ai eu l'occasion d'entendre bien des voix, et d'apprécier bien des mélodies parmi les plus belles. Mais votre apparition de ce soir, sublime Lola Lola, dépasse tout ce que j'ai pu voir ou même imaginer !

— Monsieur le comte, vous me flattez !

— Oh que non : je reste misérablement en dessous de la vérité !

Durant tout cet échange d'amabilités, le jeune policier avait eu le temps d'inspecter le couloir. Mais à part les allées et venues d'un machiniste et d'une habilleuse chargée de costumes, il était seul. Saint-Roch n'était pas encore là... à moins qu'il fût déjà dans la loge. Mais le vieux comte se serait-il laissé aller à tous ces compliments en la présence de l'amant de Chloé ? Louise décida de foncer. Il se présenta sur le seuil, se dissimulant comme il le pouvait derrière le bouquet de fleurs, et frappa quelques coups sonores à la porte, découvrant en même temps la pièce tout en faux luxe. Sur les murs, un papier aux teintes passées imitait la toile de Jouy blanche et rose. La table de maquillage était en réalité un tréteau nappé de serviettes-éponges. Un seau et un broc de chambre de bonne suffisaient à la toilette, et la poudre de riz s'entassait dans des boîtes en carton. Chloé se tenait debout face à son interlocuteur, entre un divan râpé et deux chaises passées au ripolin.

— Excusez-moi... Je vous dérange peut-être ?

Le comte jeta à Célestin un regard haineux, Chloé parut au contraire soulagée.

— Pas du tout. Quelles belles fleurs !

Le nouveau venu lui tendit le bouquet qu'elle se hâta d'aller mettre dans un vase, plantant là le vieil aristocrate.

— Monsieur le comte, murmura Louise en s'inclinant, avec un grand sourire.

— Monsieur... À qui ai-je l'honneur ?

Sans laisser à Célestin le temps de répondre, Chloé revint et s'exclama :

— Ça y est, je vous reconnais : vous êtes le policier de l'Opéra !

— Vous avez bonne mémoire, Chloé.

— C'est chic d'être venu me voir. Vous n'êtes plus à la guerre ?

— Oui et non... Ce serait trop long à vous expliquer.

— Mais non, mais non, nous avons bien cinq minutes. J'ai un amant jaloux, mais très souvent en retard. C'est un homme très occupé.

Le comte, ulcéré, recula vers la porte.

— Permettez-moi de prendre congé...

— Prenez, prenez, comte ! Je suis bien heureuse d'avoir pu vous plaire.

Le vieil homme s'éclipsa, morose. Chloé se laissa tomber sur le divan qui fit un craquement sinistre, et désigna une chaise à Célestin qui s'assit en face d'elle.

— Expliquez-moi donc : vous êtes policier ou vous êtes militaire ?

— J'aimerais le savoir moi-même. Disons que je suis en permission. J'en ai profité pour venir vous voir.

— C'est gentil. Franchement, vous m'avez trouvée comment ?

— Épatante. Vous devriez venir chanter pour les poilus.

— Pourquoi pas ?

Elle souriait et, parfois, son visage retrouvait toute l'ingénuité de sa jeunesse.

— Sans vouloir être indiscret, votre jaloux, c'est toujours monsieur de Combray ?

— Dites donc ! C'est vous qui avez une sacrée mémoire... Une mémoire de policier ! Mais non, ce n'est plus ce cher Alphonse. Comme il trouvait que l'uniforme lui allait bien, il n'a rien trouvé de mieux que de s'engager dans l'aviation et les Boches l'ont abattu à sa deuxième sortie.

Elle eut trois secondes de recueillement à la mémoire de son ancien amant, puis, sans paraître autrement émue, enchaîna :

— Remarquez, je suis restée dans l'armée... mais je suis montée en grade ! Le colonel Saint-Roch, ça vous dit quelque chose ?

— Quel régiment ?
— Oh, ça, je n'en sais rien ! Il travaille au ministère.
— Alors il y a peu de chance que je l'aie croisé sur le front.
— C'est vrai... Dites, ça vous ennuie si je me change ?
— Pas du tout.

La jeune artiste passa derrière un paravent et, tout en discutant avec Célestin, se mit en tenue de ville. En quelques mots, Chloé résuma à son visiteur son brusque saut de la danse classique au music-hall, comment les contraintes excessives et les rivalités exacerbées des artistes de l'Opéra avaient fini par la dégoûter, sa réponse à une petite annonce et son engagement dans un cabaret.

— Au début, j'étais venue seulement pour danser, mais le patron m'a poussée à chanter et je me suis rendu compte que j'aimais ça.
— Votre public aussi.
— Ne me flattez pas vous aussi... Je sais parfaitement que je suis loin d'être une diva, mais je m'amuse, c'est le principal, non ?

Célestin hocha la tête. Sans doute était-ce important pour certaines personnes de se tourner la tête, d'oublier tous ces hommes qui mouraient au front dans les conditions les plus effroyables. D'oublier qu'on était en guerre. Des pas résonnèrent dans le couloir et Saint-Roch entra, pressé, arborant son uniforme. Il s'arrêta net en découvrant Louise. Chloé vint l'embrasser et présenta Célestin.

— Edmond, je te présente un camarade qui nous arrive tout droit des tranchées, un vrai poilu en permission.

Le jeune policier fit le salut réglementaire.

— Mon colonel !

— Repos. Vous êtes donc un ami de Chloé ?

— Un admirateur serait plus exact. Nous nous sommes à peine croisés.

— C'est vrai, d'ailleurs, je ne sais même plus votre nom.

— Louis Martin, mentit Célestin.

— Ça ne me dit vraiment plus rien ! Alors, Edmond, je te présente Louis Martin... Louis, je vous présente le colonel Edmond Saint-Roch.

— Profitez bien de votre permission, conseilla Saint-Roch, amical.

Il sortit sa montre, la consulta d'un air impatient et revint à Chloé.

— Nous allons être en retard, ma chère.

— J'adore ça !

— Pas moi, tu le sais.

— Il faut encore que je me coiffe, donne-moi une minute.

Célestin en profita pour quitter la pièce, après avoir renouvelé ses compliments à Chloé. Il alla jusqu'au bout du couloir et se cacha derrière une tenture qui dissimulait un tas de grandes panières en osier. Un instant plus tard, Saint-Roch et Chloé sortaient à leur tour de la loge que la jeune danseuse referma derrière elle. Le couple disparut vers la sortie. Le policier attendit d'entendre le déclic de la lourde porte métallique qui donnait sur la rue, puis se glissa de nouveau jusqu'à la loge. La porte, toute mince, céda au premier coup d'épaule. Il la repoussa derrière lui, ralluma les deux lampes à acétylène et contempla l'aimable désordre.

— Une toute petite chance, murmura-t-il, une toute petite chance qu'elle soit là...

Pendant tout ce temps, Béraud s'était faufilé jusqu'à la sortie des artistes. Quelques admirateurs profitaient des derniers instants avant le couvre-feu pour féliciter leurs idoles. Cazar, particulièrement, semblait fasciner un petit groupe de tout jeunes gens. En écoutant leurs questions naïves, Germain comprit qu'eux aussi allaient bientôt partir à la guerre et qu'ils espéraient trouver une sorte d'arme secrète en apprenant à lancer des couteaux, comptant bien faire de cette façon une hécatombe de Boches. Le jeune poilu se garda bien de les détromper : la première pluie d'obus volatiliserait assez tôt leurs bonnes intentions. Il se raidit soudain : le mystérieux professeur Hypnox quittait à son tour le music-hall et se dirigeait vers une Ford à trois portières dont la capote avait été soigneusement relevée. Un Asiatique en descendit et actionna la manivelle. Lorsque l'hypnotiseur s'installa à l'arrière, le moteur tournait déjà. L'automobile s'éloigna dans la nuit. Une autre voiture venait à sa rencontre. Les deux véhicules s'immobilisèrent au même niveau, et Béraud eut l'impression que le chauffeur qui approchait échangeait quelques mots avec Hypnox. Mais c'était peut-être encore une illusion. Puis les deux autos reprirent chacune leur route. Le nouvel arrivant se gara à cheval sur le trottoir, sans couper le moteur, et se précipita hors de sa torpédo Renault, le tout récent modèle qui faisait fureur. C'était Saint-Roch. Germain n'eut pas le temps de réagir, le colonel avait déjà disparu par l'entrée des artistes. Béraud, nerveux, inquiet, se demandait que faire : prévenir

Célestin ? Mais comment ? Entrer à son tour pour prendre le criminel à revers en cas de grabuge ? Il allait s'y résoudre quand Saint-Roch réapparut au bras de sa jolie maîtresse. Le couple s'installa immédiatement dans la Renault qui démarra sans attendre. Il n'avait pas les moyens de la suivre, aussi se résolut-il à attendre Louise dans la rue, en assistant au départ des musiciens qui parlaient de pause syndicale et de la pénurie de charbon.

— Ma femme a fait la queue quatre heures à la mairie du 2e, disait le violoncelliste, ils prétendaient qu'il n'y avait plus rien et que la distribution était terminée.

— Et alors ? s'enquit le pianiste.

— Alors ? Tu penses bien qu'elles ne se sont pas laissé faire, ça a été l'émeute. Elles ont réussi à éventrer quelques sacs, juste de quoi se chauffer jusqu'à la fin de la semaine.

Ils s'éloignèrent à pied, la plupart portant leurs instruments dans leurs étuis. Au même moment, un autre dialogue, plus inquiétant, avait lieu dans la Renault. Au volant, Saint-Roch, concentré sur sa conduite, se remémorait avec inquiétude les révélations du colonel Tessier. Ainsi, ce vieil imbécile avait trouvé le moyen de se faire suivre par un des espions de Vigneron. Et, comble de la maladresse, il l'avait laissé échapper ! La voiture venait de passer à toute allure le pont de l'Alma quand Chloé, irritée par le silence de son compagnon, lui demanda à quoi il pensait.

— Tu en aimes une autre, peut-être ?

— Oh non, rassure-toi. Quand on t'a rencontrée, c'est impossible d'en aimer une autre !

— Tu es mignon. Alors, à quoi pensais-tu ?

— À un jeune homme, figure-toi.

— Aurais-tu changé de préférence ? Après tout, avec tous ces soldats autour de toi...

— Ne dis pas de bêtise. Je pensais à un déserteur qui nous cause des tas de soucis.

— Ah oui ? Qui est-ce ?

— Son nom ne te dira rien, chérie. Un ancien inspecteur de police, un certain Célestin Louise.

Chloé ouvrit de grands yeux.

— Mais c'est lui !

Au ton de sa voix, Saint-Roch s'était tourné vers elle.

— Lui qui ?

— Mais Louis Martin. Il ne s'appelle pas Louis Martin, il s'appelle Célestin Louise.

Du coup, Saint-Roch faillit emboutir un réverbère. Il freina en catastrophe et fit un demi-tour sur l'avenue Marceau.

— Mais qu'est-ce que tu fais ?

— Je retourne à ta loge.

— Tu y as oublié quelque chose ?

— D'une certaine façon...

La jeune artiste, dépassée par la situation, ne comprenait pas la violence de la réaction de son amant.

— Il aura eu peur de toi, un officier... S'il a déserté, on peut comprendre qu'il n'ait pas voulu donner son vrai nom.

— Il n'était pas là par hasard, Chloé.

— Bien sûr que non, minauda la jeune femme : il tenait à me féliciter. Après tout, je l'ai connu avant toi.

Saint-Roch, déconcerté par tant de coquetterie et d'égocentrisme, renonça à dissiper les illusions de

Chloé. L'automobile s'engageait déjà dans l'avenue Bosquet. Elle prit à angle droit dans la rue Cognacq-Jay, à deux doigts de basculer sur le flanc. Chloé poussa un cri de frayeur.

— Mais tu es complètement fou, ma parole ! Qu'est-ce que tu espères ? Rattraper ce jeune homme qui en a marre de faire la guerre ?

Sans répondre, le colonel gara la Renault devant la sortie des artistes. Deux machinistes sortaient en allumant une cibiche.

— La clef de ta loge, s'il te plaît.
— Ah non ! Je viens avec toi !

L'officier réprima à grand-peine son envie d'arracher son sac à la jeune femme. Blanc d'une colère contenue, il hocha la tête.

— Comme tu voudras...
— C'est ma loge, après tout.

Ils quittèrent tous deux l'automobile et s'engouffrèrent dans le couloir que n'éclairait plus qu'une veilleuse. Gagnée à son tour par la nervosité, Chloé pressait le pas, talonnée par son compagnon.

— La porte, Edmond... Elle est déjà ouverte !

De fait, la porte entrebâillée laissait deviner le clair-obscur de la loge. Saint-Roch sortit de son étui son revolver d'ordonnance. Il écarta doucement Chloé, en lui faisant signe de se taire. Du pied, il poussa la porte. Rien ne bougeait à l'intérieur. Il attrapa une lampe à pétrole posée sur un guéridon, l'alluma. La loge était vide et silencieuse. En deux pas, l'arme au poing, Saint-Roch fut près du paravent qu'il fit tomber d'un coup de pied, ne révélant qu'un tas désordonné de sous-vêtements de la danseuse. Il se retourna et s'approcha de la table de maquillage. Soudain, ses pas crissèrent sur des petits morceaux de verre. Il devina avant de le voir le cadre brisé, et la photographie qui le montrait, souriant, en tenue d'officier. Le cliché avait été ôté, le cadre démonté et le document qu'il dissimulait avait disparu.

— Alors ? murmura Chloé, affolée.
— Il a seulement cassé ma photographie.
— Qui ça, « il » ?
— Ton fameux Célestin.
— Mais je le connais à peine. Et comment es-tu certain que c'est lui ?

Saint-Roch éteignit la lampe, il avait vu tout ce qu'il avait à voir. Il revint près de Chloé.

— Je vais te déposer à un taxi. Je n'ai plus le temps de t'accompagner à notre dîner.
— Mais pourquoi ? Parce qu'un jaloux a cassé ta photo ?
— Ce type est beaucoup plus dangereux que tu ne le penses. Il faut que je lui mette la main dessus avant demain matin. Excuse-moi, mais je ne peux pas t'en dire plus.

Ils regagnèrent leur voiture. Chloé, boudeuse, s'assit près de Saint-Roch qui démarra sur les chapeaux de roues.

— Tu n'es pas drôle, Edmond !

CHAPITRE 12

L'enlèvement

Deux ombres furtives se glissèrent sur le parvis de Notre-Dame. Contournant par la droite l'immense monument dont les dentelles de pierre se découpaient sur le ciel nocturne, elles se dirigèrent vers la vieille bâtisse qui jouxtait la cathédrale. Elles disparurent sous l'auvent de l'entrée. Quelques coups furent frappés, selon un code convenu, et la porte s'ouvrit.

— Qui va là ?

— Célestin Louise, Germain Béraud. Nous venons voir le général.

La porte s'ouvrit en grand, laissant deviner la longue soutane d'un ecclésiastique grand et maigre dont les traits n'étaient pas sans rappeler ceux du général Vigneron.

— Suivez-moi, souffla le prêtre en attrapant une lampe.

Suivi des deux soldats, il s'engagea dans un antique escalier dont chaque marche craquait. D'une pièce leur venaient des éclats de voix. Célestin reconnut celles du général et de ses deux aides de camp. Leur discussion était animée, Louise distingua les mots de « provocation » et de « entrée en guerre ».

Comme leur guide ouvrait la porte d'un austère salon aux murs couverts de livres, Vigneron s'écriait :

— Seuls d'importants dégâts matériels attribués à des attaques allemandes décideront les Américains à se ranger à nos côtés !

Il s'interrompit en découvrant les deux poilus. Le prêtre lui fit un signe et s'éclipsa, refermant la porte derrière lui. Autour d'un feu de cheminée qui peinait à chauffer la petite bibliothèque, Vigneron s'était installé avec Le Gall et Vilhane, ses deux assistants. Des cartes de l'Europe, signalant les différents fronts, étaient étalées devant eux.

— Eh bien, inspecteur Louise ?

Célestin se contenta de lui remettre un document soigneusement plié auquel il joignit les listes récupérées au ministère. Le général se hâta de parcourir la double comptabilité.

— Bravo. Voilà qui signe la perte de Saint-Roch. Où l'avez-vous trouvé ?

— Dans la loge de sa maîtresse.

Vigneron esquissa un sourire et se tourna vers ses deux ordonnances.

— Nous en savons désormais assez pour préparer un coup de filet. Je veux tout le monde : Saint-Roch, Tessier, et tous leurs complices, ici et sur le front. Y compris le commandant Cholet, à Luxeuil.

— Ah, lui aussi ? s'étonna Célestin.

— Bien sûr, c'était la courroie de transmission entre Saint-Roch et le front.

Il revint à ses deux collaborateurs.

— Vous avez douze heures pour monter l'opération.

Les deux hommes quittèrent la pièce en hâte. Vigneron alla chercher une bouteille de cognac et trois verres qu'il remplit.

— Toutes mes félicitations, Louise. Voilà qui vous met aussi définitivement à l'abri de toute accusation de désertion.

Il donna un verre aux deux poilus et leva le sien.

— À votre réussite.

Célestin but une gorgée du liquide doré qui lui brûla délicieusement l'estomac, puis fixa le général en disant :

— Et si nous avions échoué ?

— Je vous l'ai dit : dans ce cas, je ne vous connaissais plus.

— Nous n'avions pas le choix, alors ?

— C'est une des raisons pour lesquelles je vous faisais la plus totale confiance.

Célestin regarda les flammes qui s'agitaient dans l'âtre, se remémora tous les dangers qu'ils avaient bravés et reposa son verre.

— Je ne suis pas fait pour le métier d'espion, mon général. C'est un jeu trop compliqué pour moi.

— Mais ô combien passionnant. Quand la guerre sera finie, et elle finira tôt ou tard, et si la police déçoit vos attentes, n'hésitez pas à me contacter. J'ai apprécié vos qualités et, quoi que vous en disiez, vous seriez parfaitement à votre place dans mon équipe. En attendant, considérez-vous tous les deux comme permissionnaires, vous avez deux semaines pour vous remettre de vos émotions, j'ai tout arrangé avec vos supérieurs.

Depuis quelques instants, le petit Béraud s'agitait, passant d'un pied sur l'autre, visiblement désireux de parler. Il se lança.

— Mon général…

— Oui ?

— Je voulais porter à votre signalement l'attitude étrange du magicien Hypnox, que je suis presque sûr d'avoir vu échanger quelques mots avec Saint-Roch.

Vigneron, à sa grande surprise, éclata de rire.

— Bravo ! Vous savez regarder autour de vous. Mais je vous dois la vérité : Hypnox fait partie de mon réseau. Il est entré dans les bonnes grâces de Lola Lola et, peu à peu, de Saint-Roch. Mais sa surveillance n'a rien donné.

Il leur serra la main, puis Célestin et Germain s'en allèrent, raccompagnés par le même prêtre qui les avait accueillis.

— Excusez-moi, mon père, c'est sans doute une coïncidence, mais vous ressemblez curieusement au général Vigneron.

— C'est mon frère aîné. Il me demande parfois de l'abriter à Paris, et comme, en tant qu'officiant à la cathédrale, je dispose de ce lieu discret...

Il leur sourit et leur ouvrit la porte. Le froid glacial de la nuit d'hiver s'engouffra dans le couloir.

— Désirez-vous ma bénédiction ?

— N'y voyez pas offense, mon père, mais j'ai vu trop d'horreurs et de bêtise pour croire encore à un dieu, quel qu'il soit.

Ils saluèrent le prêtre et se dirigèrent vers la Seine. Célestin restait silencieux, perdu dans ses pensées.

— Vous n'avez pas l'air content. On a pourtant réussi.

— Oui... Je ne sais pas... Tous ces fils de famille, l'aîné dans l'armée, le cadet dans l'église... Quoi qu'ils disent, quoi qu'ils fassent, on sera jamais du même monde.

— Et alors ? Moi, mon monde, je l'aime bien.

Célestin se tourna vers son compagnon, son visage s'éclaira et il lui donna une bourrade amicale.

Ils arrivèrent rue Sainte-Croix-de-la-Bretonnerie à l'heure la plus glacée de la nuit, ce moment tant redouté des sentinelles quand le froid engourdit, que le sommeil assomme et que plus que jamais on se sent vulnérable et mal préparé à une incursion de l'ennemi. Ils s'étaient mis d'accord pour partager la chambre de Célestin jusqu'au matin. Ensuite, le policier désirait retrouver Éliane, et Germain ses copains de Montmartre. Dans la loge d'Anna Le Tallec, une lampe à pétrole fumait plus qu'elle n'éclairait, laissant deviner, assoupie dans un fauteuil, une silhouette engoncée dans une grosse couverture. La femme endormie sursauta en entendant la sonnette de la porte et, reconnaissant Célestin, se précipita dans l'entrée.

— Célestin !
— Gabrielle ! Mais qu'est-ce que tu fais là ?

Surpris de trouver sa sœur dans son immeuble, le jeune poilu la serra contre lui. Gabrielle repoussa son frère et lui offrit un visage dévasté par l'inquiétude, une inquiétude qui gagna aussitôt le jeune policier.

— Que se passe-t-il ?
— C'est Éliane, Célestin. Elle a disparu.
— Disparu ? Comment ça, disparu ?
— Tu sais qu'elle a trouvé un engagement d'ouvrière chez Panhard, sur la zone. Dans la journée, comme je travaille moi aussi, elle confie la petite Sarah à une voisine, elle la dépose le matin et la reprend le soir. Mais hier soir, la voisine est venue avec la petite : Éliane n'était pas passée la chercher.

— Il lui est peut-être arrivé quelque chose, un accident...

Gabrielle s'interrompit une seconde, le temps d'attraper un papier dans son tablier.

— Alors que je sortais pour aller voir du côté de l'usine, un môme m'a demandé si j'étais bien Gabrielle Massonier, et il m'a donné ça... C'est terrible ! C'est pour toi...

Célestin parcourut le petit mot sur lequel était griffonné son nom, Célestin Louise. Le texte, très court, était simple et tragiquement clair :

« Si vous voulez revoir Éliane en vie, rendez-moi ce que vous m'avez volé dans la loge de Chloé. Je vous attends demain, à cinq heures, au début du quai numéro 5 à la gare de l'Est. Saint-Roch. »

— Qu'est-ce que ça veut dire, Célestin ? Qu'est-ce que ça veut dire ? implorait Gabrielle, affolée.

— Le gosse qui t'a donné ce mot, tu as pu lui parler ?

— Non, il s'est carapaté sans demander son reste. Qu'est-ce qu'ils ont fait d'Éliane ? Qui est ce Saint-Roch ?

En quelques mots, Célestin renseigna sa sœur. Germain, en l'écoutant, se rendait compte en même temps de la gravité de la situation. Une course de vitesse était désormais engagée entre le réseau d'espions, les hommes de Vigneron et eux-mêmes, s'ils voulaient récupérer Éliane à temps.

— Qu'est-ce qu'il veut, ce Saint-Roch ? continuait Gabrielle. C'est quoi, ce que tu lui as volé ?

— Ce serait un peu long à t'expliquer... Disons que c'est la preuve qu'il trafiquait des armes avec les Boches.

— Ben... Rends-lui ce qu'il demande.

— La question ne se pose plus, Gab : ce fameux papier est désormais dans les mains du contre-espionnage français.

— Mon Dieu ! Alors Éliane est perdue ?

— Sûrement pas. Nous allons la retrouver. Ils l'ont bien enfermée quelque part, elle ne doit pas être loin, peut-être même dans Paris.

Il se tourna vers Germain.

— On file à l'usine voir si on peut récupérer un indice, quelque chose qui nous mette sur une piste. Gab, où as-tu laissé Sarah ?

— Toujours chez la voisine.

— Qu'elle y reste, et toi aussi. Ne remets plus les pieds chez toi jusqu'à nouvel ordre.

— C'est si dangereux ?

— Ne t'en fais pas, je te promets qu'on va retrouver Éliane. Je te le jure.

En disant ces mots, il se rappelait toute la douceur de cette femme qu'il aimait, il fut pris d'un frisson et entraîna Béraud dehors. Agir, vite, se perdre dans l'action pour ne pas se laisser submerger par la haine, l'angoisse et le chagrin.

Le temps de prendre un mauvais café dans un caboulot des quais, Célestin et Germain s'étaient fait déposer par un omnibus à la porte de Choisy. Ils passèrent les fortifications et arrivèrent devant l'immense atelier des usines Panhard et Levassor en même temps que les équipes du matin. Une brume glaciale s'accrochait aux murs, aux quelques arbres qui s'acharnaient à pousser sur le vaste terrain vague, laissant juste apparaître ici et là les silhouettes tristes des roulottes des faiseurs de paniers. Une file d'ouvrières entraient tête basse, le pas traînant, par la grande porte de l'usine. Une sirène lugubre lança une longue plainte à laquelle deux corbeaux moqueurs répondirent en s'envolant. Célestin repéra deux filles qui laissaient passer les autres, le temps de fumer une cigarette. Elles le regardèrent s'approcher d'un air méfiant.

— Alors, c'est l'embauche ? Pas trop dur ?
— On va pas vous dire qu'on saute de joie.
— Je m'appelle Célestin Louise. Je suis à la recherche d'une fille qui travaille ici, Éliane Merle.
— Elle est dans quel atelier ?
— J'en sais rien. C'est une blonde, mince, aux yeux bleus. Elle est là depuis quelques mois.
— Ça me dit rien.

La jeune femme écrasa sa cigarette et héla une de ses compagnes.

— Marguerite... Une certaine Éliane Merle, ça te dit quelque chose ?
— Éliane ? Oui, elle travaille avec moi à la peinture. Qu'est-ce qu'on lui veut ?

Célestin se tourna vers la nouvelle venue.

— Elle a disparu depuis hier. Vous n'avez rien remarqué de particulier quand elle a quitté l'usine ?
— C'est marrant que vous me demandiez ça, parce que justement j'ai trouvé drôle qu'elle s'en aille en auto, comme une patronne.
— En voiture ? Vous avez vu le conducteur ?
— Ah oui, et je peux vous dire que c'était pas mon genre !

Elle fit en quelques mots le portrait du chauffeur. Germain, qui s'était approché, murmura :

— C'est cette ganache de Tessier !
— Qu'est-ce qui lui est arrivé, à Éliane ?

— Pour l'instant, on n'en sait rien. Merci des renseignements.

— À votre service.

Avant de passer la grande porte de l'usine, les trois ouvrières regardèrent s'éloigner les deux poilus.

— Il serait plutôt à mon goût, ce beau jeune homme ! s'exclama une des deux fumeuses.

Déjà, Louise et Béraud s'étaient enfoncés dans la brume.

— C'est Tessier qui l'a enlevée, y'a pas de doute là-dessus.

— Je ne sais pas ce qu'il a pu lui raconter... Il faut lui mettre la main dessus, à ce salopard !

— Ça va pas être facile. À mon avis, il doit se terrer quelque part en attendant que les choses se tassent. Ou en se préparant à quitter le pays.

Célestin réfléchit. Chaque seconde qui passait rendait la situation plus dangereuse. Sans le savoir, Vigneron et ses hommes allaient condamner Éliane.

— Repasse à Notre-Dame voir si tu peux retrouver Vigneron. Explique-lui ce qui se passe.

— Et s'il n'est pas là ?

— Tu as bien rendez-vous avec la fille du colonel ? Tire-lui les vers du nez, essaie de savoir où son père peut se cacher.

— Mais c'est qu'elle est fine mouche. Elle va bien se rendre compte de mon manège.

— Sois convaincant. On n'a pas le choix.

— Et vous, vous allez faire quoi ?

— Je vais demander de l'aide à mes collègues des Brigades du Tigre. Autant profiter de mon affectation[1] !

---

1. Voir *Le château d'Amberville*, Folio Policier n° 540.

Le petit immeuble de la rue Greffulhe était étrangement calme. Célestin nota immédiatement la nouveauté : une sorte de comptoir d'accueil avait été installé dans le couloir d'entrée, une jeune femme avec une drôle de bouille s'affairait derrière au milieu d'un tas de courrier et d'une pile de rapports. Louise se présenta et demanda à voir les inspecteurs Gontié ou Froment.

— Ils sont en réunion avec le commissaire, répondit la gardienne d'une voix toute douce qui contrastait avec son visage sévère.

— Ils en ont pour longtemps ?

Son interlocutrice lui jeta un regard réprobateur : qui était-il pour poser des questions aussi malvenues ?

— Je n'en sais rien.

— Je peux attendre dans un des bureaux ?

— Je ne pense pas...

— Je fais partie de la Brigade, mademoiselle. Mademoiselle... ?

— Dauzas, Jeanne Dauzas.

Elle l'examina plus attentivement, et se laissa convaincre.

— Excusez-moi de vous recevoir de cette façon, mais je n'ai pas été prévenue.

Célestin s'apprêtait à une attente ennuyeuse et rendue insupportable par l'urgence de sa situation quand un brouhaha se fit entendre dans le couloir du premier étage. Quelques secondes plus tard, l'inspecteur Laurent Gontié dévalait l'escalier et faillit presque se cogner à Louise.

— Célestin ! Qu'est-ce que tu fais là ?

— J'ai besoin d'un coup de main, c'est urgent.

Laurent fronça les sourcils et son sourire de bienvenue s'effaça.

— Qu'est-ce qui t'arrive ?

En quelques mots, Louise mit son collègue au courant de la disparition d'Éliane et de la lutte à mort qui s'était engagée entre Saint-Roch et lui.

— C'est Tessier qui a organisé l'enlèvement, mais c'est bien Saint-Roch qui est derrière tout ça.

— Tessier, c'est un nom qui me dit quelque chose, les interrompit Jeanne.

Célestin la regarda avec surprise.

— Jeanne vient de passer plus de six mois à recopier pour nous les dossiers de la PJ, elle est devenue en quelque sorte notre mémoire.

— En tout cas, elle ne connaît pas mon nom.

— C'est vrai que je connais mieux les malfrats que les policiers, sourit l'archiviste. Mais je ne vous oublierai plus, c'est promis. Je vais vérifier pour ce colonel Tessier, je suis certaine qu'il est dans nos fiches.

— En attendant, viens, on va former une équipe pour tirer de là cette jeune fille. Et d'abord, tu vas me dire tout ce que tu sais sur elle.

Gontié entraîna Célestin à l'étage, ils s'installèrent dans un bureau, laissant la porte ouverte. Le jeune poilu raconta tout, depuis sa rencontre avec Éliane sur le front jusqu'au sinistre message de Saint-Roch. Comme il finissait, le commissaire Hamon passa dans le couloir et le vit.

— Alors, ça y est, vous nous rejoignez ?

— C'est plutôt vous qui pouvez m'aider, commissaire...

Jeanne entra à son tour, elle tenait à la main un petit carré de carton couvert d'une écriture minuscule et précise.

— Excusez-moi... J'ai trouvé, pour Tessier.

Hamon hocha la tête.

— Foncez, vous m'expliquerez plus tard.

Il quitta le bureau. Gontié fit un clin d'œil à Louise.

— Tu vois, c'est ça, les Brigades du Tigre. On ne perd pas son temps en paperasses, on mène l'enquête, et les rapports, on les fait tout à la fin.

Il se tourna vers Jeanne.

— Alors ?

— J'ai peut-être une piste. Le colonel Tessier fait partie de la loge de Rosslyn, une sorte de branche dissidente des rosicruciens.

— Ce n'est pas un crime.

— Non, mais la Sûreté les a à l'œil depuis qu'ils sont suspectés d'avoir conservé des liens avec les Allemands, sous couvert d'échanges « ésotériques ».

— Saint-Roch ne l'a pas choisi au hasard ! constata Gontié.

— C'est un type qui ne fait rien au hasard, assura Célestin. Mais si je comprends bien, on n'a que des soupçons, aucune preuve ?

— C'est exact.

Laurent donna un coup de poing sur le bureau.

— Écoute-moi, Célestin, on ne va pas y aller par quatre chemins. On trouve deux hommes, on fonce à l'état-major, on met la main sur ton Saint-Roch et on le fait parler. Et au pire, on l'échange avec Éliane.

Touché par la détermination de son collègue, Louise acquiesça.

— Dans combien de temps on peut y être ?

— Avant midi.

Deux heures sonnaient au clocher de l'église Saint-Germain quand le petit Béraud s'installa au rez-de-chaussée du *Café de Flore*. De vieilles dames très dignes sirotaient des chocolats avec d'improbables gigolos que leur pâleur congénitale avait fait réformer, quelques officiers aux uniformes impeccables prenaient leur café en détaillant les élégantes du boulevard, un intellectuel frileux dont le sommet du crâne et les lunettes rondes sortaient d'un énorme cache-nez noircissait des pages fripées et les serveurs en noir et blanc faisaient valser leurs grands plateaux ronds. Germain, mal à l'aise devant une table trop petite, observait tout ce petit monde ruisselant d'un luxe trop éloigné de lui pour le toucher. Il n'attendit pas longtemps : Clémence entra, les joues rouges de froid, le vit immédiatement et lui sourit en lui faisant un charmant petit geste de la main qui fit hausser les sourcils au public masculin. Elle se laissa tomber sur la chaise à côté de celle de Germain, ôta son béret et laissa se dérouler sur ses épaules son opulente chevelure.

— Ouf ! Ça fait longtemps que vous êtes là ?
— À peine une heure.
— Menteur ! Vous auriez déjà commandé.
— Vous êtes observatrice.
— J'ai envie d'un chocolat, et vous ?
— Deux.

Ils commandèrent ; un garçon obséquieux et infiniment sérieux disparut vers les cuisines.

— Alors, vos parents ne se sont pas trop inquiétés, après le cinéma ?
— Non. D'ailleurs, mon père ne s'inquiète pas souvent... quand il est là. Il est comme vous, il est sur le front.
— C'est un poilu ? demanda perfidement Germain.
— Pas vraiment : il est colonel, c'est un militaire

de carrière. Mais peut-être l'avez-vous croisé, c'est le colonel Tessier.

— C'est un nom qui ne me dit rien, mentit Béraud. Mais vous savez, les colonels, nous, on ne les croise pas : on leur obéit. Est-ce qu'il est gentil avec vous, au moins ?

— J'en fais ce que je veux.

— Il doit passer tout son temps avec vous, quand il est en permission, non ?

— Vous croyez ça ? Il a toujours à faire, à sa banque, à l'état-major, à son cercle…

— Son cercle ?

— Oui, quelque chose dans ce genre. Ma mère prétend que c'est une secte, je pense qu'elle est jalouse, mais c'est vrai qu'il est souvent fourré là-bas.

— C'est loin de chez vous ?

— Un hôtel particulier, dans le 9e. Un jour, je suis passée devant, il y a des vitraux aux fenêtres et des moulures bizarres sur la façade, c'est à vous donner le frisson. Mais pourquoi vous me posez toutes ces questions sur mon père ?

— Parce que je n'ose pas vous demander de parler de vous.

Clémence sourit, puis haussa les épaules. Le serveur arriva avec les deux chocolats. Il déposa devant le couple les tasses qu'il remplit d'un geste élégant du liquide onctueux, marron aux reflets rouges, au parfum à la fois âcre et sucré. La première gorgée laissa sur les lèvres de Clémence une petite moustache brune sur laquelle elle passa une langue gourmande.

— Et si on parlait plutôt de vous ? proposa-t-elle.

— De moi ? Il y a peu de choses à dire… Un petit Parisien envoyé à la guerre et qui se demande en-

217

core comment il a pu rester vivant pendant ces trois années...

— D'après mon père, le moral des poilus est formidable.

— Sans doute...

Elle comprit qu'il valait mieux ne pas insister sur ce sujet. Elle eut en un éclair l'intuition de cette souffrance indicible des soldats, et se dit que son père ne lui donnait peut-être pas une image exacte du front.

— Qu'est-ce que vous ferez après la guerre ?

— J'essaierai d'oublier. Et vous ?

— Moi ? C'est tout le contraire, je voudrais témoigner : je voudrais être journaliste.

— Une femme ?

— Oh ! Comme vous êtes vieux jeu ! Bientôt, les femmes auront les mêmes droits que les hommes.

— Même celui d'aller se battre ?

— Elles ne sont pas obligées de faire les mêmes bêtises. Ce sont déjà elles qui ont remplacé les hommes dans les usines, les bureaux, les magasins...

— Alors, aux femmes !

Germain leva sa tasse et but avec délectation le chocolat épais qui lui paraissait comme un summum du confort et de la paix.

Le commissaire Hamon avait fait venir Célestin ainsi que les inspecteurs Gontié et Froment dans son bureau. Ils avaient dû se rendre à l'évidence : Saint-Roch était introuvable, il ne s'était pas présenté à l'état-major, il n'était ni chez lui, ni chez Chloé.

— C'est un aveu de culpabilité, avança Froment.

— Ne crois pas ça. Il pense pouvoir encore récupérer sa liste de comptes, c'est la seule preuve réelle contre lui. À mon avis, il est en train de prendre des contacts pour contre-attaquer.

— Louise a sans doute raison. Saint-Roch dispose à l'évidence de relations au plus haut niveau, il va essayer de mobiliser tout son entregent pour décrédibiliser Vigneron. Nous tombons malheureusement en plein dans une guerre entre services aussi stupide que féroce. Et la nomination de Nivelle n'a rien arrangé.

— Alors, qu'est-ce qu'on fait ? Il y a cette jeune femme qui a été enlevée, Saint-Roch est tout à fait capable de la sacrifier. Il ne la relâchera pas.

Il y eut une bousculade et des cris dans le couloir.

— Mais bon sang, laissez-moi passer ! Il faut que je voie l'inspecteur Louise !

C'était la voix furibarde de Béraud. Célestin se précipita à sa rencontre et le fit entrer dans le bureau. Un peu impressionné, le petit Germain examina la pièce, se dit qu'au fond tous les bureaux de flics se ressemblaient et se tourna vers Célestin.

— Alors ?

L'ancien pickpocket se sentit tout d'un coup en position d'accusé, entouré par quatre policiers qui attendaient qu'il parle. Il se ressaisit : lui aussi menait l'enquête.

— Je me demande si c'est bien, d'abuser de la confiance de la demoiselle...

— On s'en fout, Germain. Est-ce que t'as appris quelque chose ?

— Je crois que oui... Tessier fait partie d'une espèce de loge maçonnique...

— La loge de Rosslyn, oui, on est au courant, et alors ?

— Ils ont une maison où ils se retrouvent, dans le 9ᵉ. Tessier passe beaucoup de temps là-bas. Ça a l'air d'être un endroit bizarre, la fille est passée devant un jour, ça lui a flanqué les chocottes.

— Merde ! Évidemment, c'est là qu'il a emmené Éliane !

— C'est une possibilité. Mais je nous vois mal aller perquisitionner sans mandat dans une loge maçonnique !

— On ne peut rien demander d'officiel, il nous faut un effet de surprise total. D'autre part, Saint-Roch nous attend à la gare de l'Est à cinq heures. Si nous parvenons à délivrer Éliane avant ce rendez-vous, on n'aura plus qu'à le cueillir.

Hamon se gratta le menton, regarda successivement les quatre hommes qui se trouvaient devant lui avant de laisser tomber :

— Je ne veux rien savoir de cette opération. S'il se passe quoi que ce soit...

— ... on n'est pas couverts, c'est ça ? compléta Célestin. C'est pas grave, on a l'habitude, pas vrai, Béraud ?

Béraud, de moins en moins rassuré, acquiesça sans enthousiasme. Pratique, Gontié demanda :

— Vous êtes armés ?

— Oui, Vigneron nous a laissé à chacun un revolver.

— Alors allons-y.

— Bonne chance ! leur lança le commissaire tandis qu'ils sortaient en hâte du bureau.

Dans la voiture des Brigades du Tigre qui les emmenait dans la rue du Cardinal-Mercier, là où Jeanne avait identifié la loge de Rosslyn, Germain pensait à

Clémence. Il s'en voulait d'avoir trahi la confiance de la jeune femme, il se rappelait son enthousiasme quand elle évoquait sa carrière future de journaliste, sa révolte sincère contre l'injustice et le sourire qu'elle mettait sur toutes choses. Assis à côté de lui, Célestin restait lui aussi silencieux, rongé par l'inquiétude. Avec l'enlèvement d'Éliane, c'était toute sa vie qui basculait. Pourrait-elle encore l'aimer, alors que, d'une certaine façon, c'était lui le responsable de cette terrible situation ? N'aurait-elle pas peur pour sa fille Sarah ? Et surtout, allait-il réussir à la sortir indemne de ce guêpier ? Installé à l'avant, près de Gontié qui conduisait, Froment se tourna vers les deux poilus.

— Comment on fait en arrivant ? On enfonce la porte ?

— Trop dangereux. Et il fait encore trop jour pour escalader la façade jusqu'à une fenêtre. Le mieux sera d'attendre que quelqu'un entre ou sorte. On se gare le plus près possible. Germain ira voir dans l'immeuble voisin. S'il y a une concierge, il se mettra en planque dans la loge. Toi, tu restes dans la rue, débrouille-toi pour ne pas avoir l'air d'un flic. Je resterai dans l'auto avec Gontié.

Le trajet fut de courte durée. La rue du Cardinal-Mercier se terminait en impasse. Une fontaine ornée d'un lion en occupait le fond. La demeure de la loge se trouvait sur la droite, un petit immeuble de deux étages de style néo-Renaissance. Les hautes fenêtres en ogive étaient munies de vitraux. Deux gargouilles menaçantes sortaient leurs gueules hideuses des corniches à fasces. Une lourde porte en chêne à deux battants fermait la bâtisse, rendant tout assaut illusoire. Le plan de Célestin fut respecté. Tandis que

Froment se rendait à la fontaine pour d'hypothétiques ablutions, Béraud sonnait à l'immeuble d'à côté. En quelques mots brefs, il obtint de la concierge la permission d'occuper quelques instants sa loge. La bignole était ravie.

— Depuis le temps que je dis qu'ils manigancent des trucs pas nets, dans leur mausolée ! Non, mais vous avez vu toute cette décoration ? Moi, ça me fait froid dans le dos !

Germain se mit en planque. Ils n'eurent pas à attendre longtemps : une automobile, qui redémarra aussitôt, déposa un couple vêtu de sombre devant l'immeuble que la nuit tombante maquillait d'ombres fantastiques. La femme portait à son bras un panier de victuailles protégé d'un torchon à carreaux. Ils gravirent les quelques marches qui menaient à la double porte. L'homme sortit de sa poche une énorme clef qu'il introduisait dans la serrure lorsque Célestin et Gontié jaillirent de leur voiture comme deux diables hors de leur boîte. Gontié repoussa sans ménagement la femme contre le mur tandis que Célestin braquait son revolver sous le nez de l'homme.

— Ne bouge pas, ne crie pas ou je t'abats. Où est la fille ?

— Quelle fille ? Je vois pas de quoi vous parlez. On rentre tranquillement à la maison et...

— Ta gueule !

Il accentua la pression du canon de son arme sur le cou du malfrat.

— Vous retenez une jeune femme prisonnière, c'est pour elle, ce panier, on est au courant de tout. Dis-moi juste où elle est, et combien de personnes la surveillent.

L'homme restait silencieux. Froment et Béraud avaient rejoint le petit groupe. La femme murmura :
— Laisse tomber, Ernest, tu vois bien qu'ils sont pas ici par hasard.

Elle se tourna vers Célestin.
— Si on vous aide, on pourra compter sur votre indulgence ?
— On verra comment ça se passe, mais c'est pas exclu.
— La jeune dame est dans la cave, il faut descendre par la petite porte à droite dans le hall. Il y a toujours un type devant, qui monte la garde avec une arme.
— Salope, tu vas te taire !

D'un coup de crosse, Célestin assomma le type. Il tourna doucement la clef dans la serrure puis leva la main et compta jusqu'à trois sur ses doigts avant d'ouvrir brusquement la porte. Il entra, suivi de Froment et Béraud, Gontié restant dehors pour surveiller la femme et l'arrivée éventuelle d'autres ravisseurs. Un hall imposant et sombre menait à un escalier tapissé de rouge. Un rouquin moustachu qui en descendait les dernières marches vit les flics se ruer à l'intérieur et, sans hésiter une seconde, sortit un revolver et tira. Gontié s'abattit tandis que Célestin, qui avait entendu la balle lui siffler aux oreilles, ripostait au jugé, touchant le type au bras. Le bandit lâcha son arme en poussant un cri de douleur, mais il eut le temps de glisser jusqu'à une petite porte dissimulée dans le renfoncement de l'escalier. Célestin se pencha sur Gontié qui se tenait l'épaule en grimaçant.
— Ça va ?
— Ça va. Vas-y, fonce !

Béraud s'était déjà précipité sur la petite porte, juste assez vite pour entendre le bruit d'un verrou qui se refermait. Il commença à l'enfoncer à coups d'épaule. Au moment où Célestin le rejoignait, la porte céda dans un craquement sinistre. Emporté par son élan, Germain bascula en avant et roula sur les marches d'un petit escalier de bois. Il demeura inanimé en bas. Après une seconde d'hésitation, Célestin dévala à son tour les marches, l'arme au poing. Des pas rapides s'éloignaient dans un couloir mal éclairé par une lampe à acétylène fixée à la voûte du plafond de brique. Béraud rouvrit les yeux et secoua la tête.

— Ouf... On dirait que j'ai ramassé un gadin...
— Tu peux te relever ?
— Je crois que oui...
— Suis-moi, il est parti par là...

Louise s'avança à son tour dans le passage aux murs noirs de crasse. Des toiles d'araignées s'étaient accrochées aux canalisations, de l'eau suintait le long des briques. Il y eut un bruit métallique suivi d'un cri étouffé. Puis, tout au bout du couloir, le rouquin sortit d'une petite cave. De son bras valide, il tenait Éliane serrée contre lui, lui pressant un couteau sur la gorge. Son autre bras pissait le sang, de grosses gouttes sombres qui s'élargissaient en une flaque luisante à ses pieds.

— Laissez-moi passer ou je la tue.

Éliane avait reconnu Célestin. Son visage terrorisé se détendit légèrement.

— Et comment tu comptes t'en aller d'ici ?
— Vous avez bien une bagnole ?

Béraud, pas trop vaillant, avait rejoint Célestin.

— Qu'est-ce qu'il veut ?

224

— Une auto. Va dire à Froment de lancer le moteur.
— On va quand même pas...
— Fais ce que je te dis, merde !

En lançant cet ordre, Louise avait fait un clin d'œil discret à son compagnon. Germain hocha la tête et s'éloigna. Le policier s'adressa de nouveau au ravisseur.

— Ça va, tu peux avancer maintenant. Et regarde où tu mets les pieds, parce que tu perds salement ton raisiné.

Le bandit regarda une seconde son sang qui s'écoulait. Éliane mit cet instant d'inattention à profit. Repoussant violemment le bras qui la maintenait, elle se jeta à terre. Célestin tira, le rouquin partit en arrière et resta immobile sur le sol. Tandis que Béraud revenait en courant, Louise se pencha sur la jeune femme recroquevillée contre le mur. Doucement, il la prit dans ses bras en murmurant son prénom. Elle se laissa aller et se mit à pleurer, les larmes lui coulaient sur les joues, elle sanglotait sans paraître pouvoir s'arrêter. Germain avait examiné le corps du bandit.

— Il est mort.

Célestin leva vers lui un regard soudain désemparé.

— Vous n'aviez pas le choix...

Célestin se pencha vers Éliane. Il lui caressait les cheveux, l'embrassait sur le front, elle ne réagissait pas. Tout à coup, de nouveaux coups de feu résonnèrent dans la rue. Béraud se redressa.

— Merde ! Qu'est-ce qu'ils foutent ?
— Va voir, et fais gaffe.

L'arme au poing, Germain gravit en trois enjambées le petit escalier et disparut au rez-de-chaussée.

Célestin releva doucement Éliane et la serra contre lui. En haut, la fusillade faisait rage.

— Il faut que tu restes là pour le moment. Tu seras à l'abri.

— Non ! Je ne vais pas rester ici avec ce cadavre...

— Bon... Alors viens, fais attention.

La soutenant, il lui fit monter à son tour les degrés de bois et la força à s'asseoir sur la dernière marche, tout près de la porte.

— Ne bouge pas d'ici.

Elle ouvrit la bouche pour dire quelque chose, mais renonça à protester et se recroquevilla contre le mur. Célestin la regarda, submergé par une vague de tendresse à laquelle se mêlaient l'inquiétude et la culpabilité. Il se détourna et se glissa dans le hall. Postés de part et d'autre de la grande porte, Froment et Béraud échangeaient des coups de feu avec des agresseurs extérieurs. Louise se glissa près d'eux.

— Alors ?

Froment tira dehors au jugé, puis se remit à l'abri. Une balle siffla et alla fracasser un grand miroir au fond du hall.

— Ils sont arrivés à deux en voiture. Je commençais à faire parler la femme. Ils ont tout de suite compris ce qui se passait, ils se sont mis à tirer. J'ai juste eu le temps d'entrer me mettre à l'abri.

— Et la femme ?

— Elle a pris une bastos dans le buffet. On peut rien faire.

— Ils sont combien ?

— Deux. Je crois qu'il y a ton fameux colonel, je l'ai reconnu d'après la photo du dossier.

— Il ne faut pas qu'ils repartent. Je monte. Couvrez-moi.

Pendant quelques secondes, Béraud et Froment tirèrent sans discontinuer, laissant à Célestin le temps de gravir l'escalier majestueux qui menait à l'étage. Il contourna une étrange statue de déesse et pénétra dans une immense salle. Une douzaine de chaises à haut dossier entouraient une table ronde incrustée de motifs alchimiques et de symboles. Un gros lustre sphérique orné de triangles pendait du haut plafond à caissons. Le jeune policier gagna une des étroites fenêtres à croisillons. Il actionna la poignée ouvragée, la crémone glissa sans difficulté. Il entrouvrit le battant. D'où il était, il avait une vue plongeante sur la rue. Les deux agresseurs s'étaient abrités derrière leur automobile et tiraient au revolver sur la porte de l'immeuble. Célestin reconnut immédiatement Tessier, raide, acharné, crispé sur son arme. L'autre se dissimulait sous une large casquette. Le policier prit le temps de viser et tira deux fois. L'homme s'abattit et, dans la lueur des phares, Célestin reconnut le chauffeur qui l'avait conduit à Luxeuil. C'était donc bien lui qui avait tenté de le tuer plus tard, en lui fonçant dessus en camion. La voix de Froment résonnait dans l'impasse :

— Rends-toi, Tessier, tu n'as plus aucune chance.

Le colonel hésita, fit quelques pas, comme s'il voulait s'enfuir, puis s'immobilisa, retourna son arme contre lui et tira. Quand Froment et Béraud s'approchèrent, il était déjà mort. Des coups de sifflet se croisaient alentour et des agents en pèlerine arrivaient en courant. Célestin se hâta de rejoindre Éliane, toujours prostrée dans l'entrée de la cave.

— C'est fini. On peut s'en aller.

La jeune femme se releva.

— Et Sarah ?

— Elle va bien, Gabrielle s'en occupe, ne t'en fais pas.

Éliane hocha la tête et, pâle, sans dire un mot, traversa le grand hall marqué par quelques impacts de balles. Elle croisa Béraud sans lui rendre son salut et sortit. En bas du grand escalier, Célestin ne bougeait plus. Béraud lui prit le bras.

— Excusez-moi, mais... faudrait peut-être prévenir le commissaire, rapport à Saint-Roch...

Célestin sursauta, vérifia qu'on emmenait bien Gontié, tout pâle, puis courut décrocher le téléphone qui se trouvait sur un petit guéridon. Un impact de balle avait marqué le mur juste au-dessus. Ils s'en sortaient bien. Louise composa le numéro de la brigade et Jeanne le mit immédiatement en communication avec Hamon.

— Alors ?

— Nous avons récupéré Éliane saine et sauve. Il ne faut pas laisser filer Saint-Roch.

— J'ai déjà deux inspecteurs sur place. Vous n'avez tout de même pas imaginé que j'allais vous laisser tomber ? On se retrouve tous là-bas.

La gare de l'Est offrait, depuis le début de la guerre, le spectacle d'une cohue presque ininterrompue où se mêlaient les poilus en permission, les voyageurs civils chargés de victuailles lorsqu'ils débarquaient à la capitale, les officiers du génie et les responsables des transports de troupes et de matériel, les cheminots harassés, une proportion non négligeable de pickpockets, escrocs et petits malfrats de toutes sortes et, bien entendu, les nouvelles recrues, la classe quatre-vingt-dix-neuf, qui allaient offrir leurs dix-huit ans tout neufs à la boucherie du front. Ils avaient moins d'allant que ceux qu'on avait vus partir, trois ans plus tôt, la fleur au fusil et la blague à la bouche, certains de revenir pour les vendanges ou, au pire, à la Noël. Trop de ceux-là n'étaient pas rentrés du tout et l'amertume leur venait vite, à tous ces bleus qu'on ne laissait pas remplir les trous faits par la guerre dans les familles. La petite troupe emmenée par le commissaire Hamon se pressait au milieu de la foule qui encombrait la voie 5. Un des inspecteurs en faction, un grand type dégarni aux petits yeux vifs, vint à leur rencontre.

— Il est dans la voiture 11, il a réservé tout un compartiment de première.

— Il s'emmerde pas, le bougre !

Hamon fit un signe à Célestin.

— Vous montez avec Béraud par la portière de droite, je passe par l'autre côté avec Froment. Vous deux, vous restez sur le quai au cas où il nous filerait entre les pattes, ajouta-t-il pour les deux inspecteurs qui les avaient accueillis.

Un couloir aux parois d'acajou veinées de cuivre longeait toute la voiture de première classe. Des lumières discrètes l'éclairaient de loin en loin. Louise et Béraud avançaient doucement, l'un derrière l'autre. À l'autre bout, Hamon et Froment venaient vers eux, arme au poing. Le premier compartiment était occupé par un évêque et son secrétaire. Le deuxième abritait une mère de famille bourgeoise et ses deux filles, toutes trois vêtues de robes sévères et rivalisant de zèle dans le tricotage d'écharpes grises. Le troisième était fermé, les rideaux tirés. Le commissaire et l'inspecteur Froment y parvinrent en même temps qu'eux. Hamon hocha la tête en silence puis donna le signe de l'assaut. En quelques secondes, les deux portes coulissantes furent enfoncées, Froment et Célestin entrèrent en brandissant leur revolver. À cette irruption brutale répondit le calme du compartiment où une collation les attendait sur un plateau d'argent. Il n'y avait personne, la fenêtre donnant sur la voie 6 était largement ouverte. Célestin s'y précipita, se pencha au-dehors et eut juste le temps de se jeter en arrière pour éviter l'arrivée d'un convoi militaire. Hamon avait jeté un coup d'œil dans le petit cabinet de toilette qui jouxtait le salon.

— Il s'est joué de nous ! Quelqu'un l'aura prévenu.

Célestin et Germain échangèrent un regard. Jusqu'au bout, cette enquête les aurait laissés sur leur faim, jusqu'au bout de mystérieuses connexions auraient permis aux coupables de leur échapper. Célestin rengaina son arme et se laissa tomber sur le siège à l'appui-tête garni de dentelle. Il se servit un verre de vin dans le verre en cristal posé sur le plateau et le leva :

— À la santé de ce salopard !

À la même seconde, un express à destination du Havre quittait la gare du Nord. Dans un autre compartiment de première, le colonel Saint-Roch quittait sa défroque de mécanicien, retrouvait son apparence de haut fonctionnaire et se servait lui aussi un verre de vin. Il salua son reflet dans la vitre et savoura le bordeaux millésimé. Il avait eu raison de se méfier et de prévoir un plan de fuite. Déjà le train traversait les faubourgs. Du ciel plombé tombaient quelques flocons légers.

Épilogue

Au visage de Gabrielle, Célestin avait tout deviné. Sa sœur commença à lui expliquer, il l'interrompit d'un geste. Éliane n'avait rien laissé dans le petit appartement, il n'y avait plus une trace de son passage, pas une seule affaire de Sarah, rien.

— J'aurais préféré qu'elle te laisse un mot, mais...
— Elle a bien fait.

Célestin tourna en rond dans les deux pièces que chauffait un gros poêle noir, à la recherche d'un souvenir, d'un parfum, d'une vétille à laquelle se raccrocher. Le départ de la jeune femme et de sa fille lui montrait à quel point il s'était appuyé sur l'idée d'un bonheur avec elles. Il la revit, tapie, perdue, dans la grande maison abandonnée où il l'avait trouvée[1]. Il se rappela leurs promenades bras dessus bras dessous et ses grands yeux ravis qui découvraient Paris. Il se souvint de leur premier baiser, de leur première nuit d'amour...

— Célestin...

Gabrielle lui avait pris le bras, un geste de ten-

---

1. Voir *La Cote 512*, Folio Policier n° 497.

dresse dont elle n'était pas coutumière. Le policier mit sa main sur celle de sa sœur.

— Ça va... Elle a bien fait de partir. Je lui ai donné trop de soucis. Elle a eu peur, pour elle et pour sa fille, c'est normal. Et même s'il n'y avait pas eu cet enlèvement, on ne peut pas passer sa vie à attendre un soldat.

— La guerre va bien finir !

— Femme de poilu ou femme de flic, c'est pas un destin.

Gabrielle avait préparé un dîner simple mais savoureux qu'ils partagèrent en tête à tête, presque sans parler. Parfois, elle essayait de distraire son frère en lui racontant des anecdotes de la brasserie de bière où les femmes occupaient désormais presque tous les postes de fabrication, mais Célestin n'écoutait pas. Il termina la bouteille de vin, embrassa Gabrielle et sortit. La nuit était glaciale, le froid trop vif retenait la neige. Il prit par les Gobelins et remonta la rue Monge. À Maubert, un caboulot allait fermer. Célestin insista et se fit servir trois mauvais calvas, trop peu pour le saouler. L'alcool le rendait au contraire étrangement lucide. Il traversa l'île de la Cité et, comme il passait devant l'Hôtel de Ville, aperçut une silhouette titubante qui manquait de tomber à chaque pas et se rattrapait comme elle pouvait à un mur ou à un réverbère. L'ivrogne se mit à beugler, déclamant au ciel lourd une vieille complainte bretonne :

— *Na pa na mont Klevet ar c'heleier*
E ranke mont kuile ma mestrez...

L'homme se tourna vers Célestin, offrant le spectacle hideux d'un visage dévasté. C'était Loïc, la gueule cassée, le neveu de sa concierge Anna. Le policier le prit sous le bras et l'entraîna jusqu'à la rue Sainte-Croix-de-la-Bretonnerie, en écoutant distraitement le délire aviné du pauvre bougre. Anna Le Tallec attendait, inquiète, à la porte de sa loge. Elle remercia Célestin avec un peu de gêne et fit entrer son neveu. Louise monta lentement les étages qui menaient à sa chambre. Au troisième, il entendit à travers la mince cloison un couple qui faisait l'amour.

REMERCIEMENTS

Je tiens à remercier Yunbo pour sa confiance, Haela pour son rire, Magali pour son piano, et tous les lecteurs des précédents volumes qui m'ont encouragé.

Prologue 11

1. Une enquête 15
2. Jalousies 35
3. Un mystérieux informateur 52
4. Disparitions 69
5. L'eau noire 86
6. Tribulations 104
7. L'artiflot 121
8. Le Chemin des Dames 138
9. Une ténébreuse affaire 155
10. Contre-espionnage 172
11. Le *Magic City* 188
12. L'enlèvement 204

Épilogue 231

Retrouvez les aventures de **Célestin Louise**, flic et soldat dans la guerre de 14-18, dans la collection **Folio Policier**

En novembre 1914, Célestin Louise, jeune enquêteur à la Brigade criminelle de Paris, se retrouve en première ligne à Verdun sous les ordres d'un lieutenant qui, au cours d'un assaut, est tué d'une balle dans le dos.

La cote 512. *Prix Grand Témoin Junior 2008.*

Hiver 1915. Alors qu'il faut lutter chaque jour pour survivre dans les tranchées, les talents de Célestin Louise intéressent l'arrière pour une enquête ultraconfidentielle. Louise découvre une capitale tout aussi dangereuse que le front...

L'arme secrète de Louis Renault

En juin 1916, Célestin Louise est grièvement blessé et évacué à l'arrière dans une vieille demeure reconvertie en hôpital de campagne. Mais une malédiction semble s'abattre sur le château d'Amberville…

Le château d'Amberville.
Prix du Salon du Livre de Saint-Maur 2010

Mars 1917. La guerre s'intensifie et les mutineries sont brutalement réprimées. Célestin Louise prend le risque fou de déserter pour comprendre les raisons du meurtre d'un fantassin français derrière lequel semble se cacher l'un de ces secrets inavouables qui naissent des grands conflits...

Les traîtres

Juillet 1918. Célestin Louise est appelé sur les lieux d'un crime horrible : un jeune gendarme a été assassiné puis scalpé. Tout accuse l'Indien du régiment américain stationné à quelques kilomètres de là. Mais Célestin n'a pas de préjugés et son instinct lui dit que le véritable coupable rôde encore...

Le gendarme scalpé

DU MÊME AUTEUR

Chez Nouveau Monde éditions

LE GENDARME SCALPÉ, 2009, Folio Policier n° 606.

LES TRAÎTRES, 2008, Folio Policier n° 571.

LE CHÂTEAU D'AMBERVILLE, 2007, Folio Policier n° 540.

L'ARME SECRÈTE DE LOUIS RENAULT, 2006, Folio Policier n° 528.

LA COTE 512, 2005, Folio Policier n° 497, prix Grand Témoin Junior 2008.

Composition Nord Compo
Impression Novoprint
le 17 juin 2012
Dépôt légal : juin 2012
1er dépôt légal dans la collection : janvier 2010

ISBN 978-2-07-036051-2/Imprimé en Espagne.

246106